屋久悠樹
Yuki Yaku Presents
Fly
Illustration
友崎同學
角
The Low Tier Character
"TOMOZAKI-kun";
Level.2
Lv.2
日本小學館正式授權繁體中文版

弱角友崎同學

The Low Tier Character
"TOMOZAKI-kun";
Level.2

屋久悠樹
Yuki Yaku Presents

Fly
Illustration

Lv.2

友崎文也
Fumiya Tomozaki
泉優鈴
Yuzu Izumi

水澤孝弘
Takahiro Mizusawa
日南葵
Aoi Hinami

田徑社

「各位早安。
——我是日南葵。」

日南的演講，開始了。

The Low Tier Character "TOMOZAKI-kun"; Level.2

CONTENTS

Design Yuko Mucadeya + Caiko Monma (musicagographics)

弱角友崎同學

屋久悠樹
Yuki Yaku Presents

Fly
Illustration

Lv.2

The Low Tier Character "TOMOZAKI-kun": Level.2

角色介紹

友崎文也
高中二年級。弱角。

日南葵
高中二年級。學校的完美女主角。

七海深奈實
高中二年級。開心果。

夏林花火
高中二年級。小個子。

泉優鈴
高中二年級。很吃得開的女孩子。

菊池風香
高中二年級。喜歡看書。

水澤孝弘
高中二年級。志願當美容師。

中村修二
高中二年級。在班上是頭目的地位。

1 攻略困難的事件後成為同伴的角色能力值基本上都很高

「哼。太嫩了，日南。」

星期日，下午三點。

這應該是現充們跟朋友唱卡拉ＯＫ、打保齡球或者買東西而讓關係更加密切的時間。

我則是在自己的房間裡面對電視、抓緊手把，同時獨自一人嘰嘰喳喳地碎碎念。真不愧是人生第一弱角友崎啊我。就連這種時候一舉一動都讓人不舒服呢。

「好了，砰——」

隨著我完全顯露噁心阿宅特質的自言自語而被打飛到舞台外面的，是日南所操作的忍者角色Found。

電視畫面上的當然是Attack Families，也就是AttaFami。

「哼哼哼，爽快多了。」

這樣就是我贏了。戰果畫面顯示出來。

學校的完美女主角日南葵——不，她對我來說是年輕有為的超級遊戲玩家NO NAME，我到目前為止還沒有輸給她過。光是今天就打了十場，要是從以前加到現在的話應該總共打過五十場吧。也代表五十勝零敗。那傢伙不甘心的表情在我眼裡浮現。

不過，關於名為『人生』的戰場，反而是我沒有贏過就是了。

日南她藉由 AttaFami 的聊天機能，傳來了訊息。

『如果你還不累的話，再打一場。』

我從那短短的訊息之中，感受到日南『想贏』的強韌，以及『就算在對手疲勞的狀態下取勝也不會高興』的原則，嘴角不由得上揚起來。

「還挺厲害的，內心都沒有受到挫折啊。」

我一邊對維持老樣子的日南開心地呼出一口氣，一邊回想著昨天發生的，在北與野的義大利餐廳跟日南開完會後，去看電影時發生的事情。

＊　＊　＊

總之能說的是，不該是這樣子的。

「嗯——該說你那樣有點說過頭了嗎，聽起來像是要惹火別人吧？」

「惹、惹火別人啊。」

變得愈來愈熱的六月午後。從春天朝氣蓬勃的氣息轉為夏天炎熱空氣的中界點。

我跟日南，坐在位於購物中心一樓的露天咖啡廳的椅子上。

「別那樣說話，再多加一點直率說出心聲的印象試試看。」

嘴巴很壞的完美女主角身上套著看起來很涼爽，感覺像是會在無印良品之類的店家販賣的布料所織成的短外套，優雅地用雙手撐著臉頰對我指示。

身為在 **AttaFami** 之中最強，可是在人生裡頭只是一日玩家的 **nanashi**，我只能老實地回應她了。

「呃呃。後半的，女主角她們從車裡跳出來架槍的橋段的魄力……」

可是，我還是只有一種想法。

「好，重來。你還是留著口氣變成在說明的老毛病。多投入一點感情。」

「感情嗎……女主角她們！從車裡跳出來的地方！」

果然，不該是這樣子的啊！

「嗯，雖然不是說不好，不過帶點手勢的話會給人比較好的印象呢。在不會太誇張的程度中。」

該怎麼說呢，雖然之前我是打算盡全力鼓起勇氣約她的啦。

我跟日南兩人從電影院出來之後，就一直嚴格地受著『跟女孩子看完電影之後要說怎樣的感想才能把氣氛炒到最高點呢!?~感想內容與語調篇~』的訓練。

「手、手勢嗎……女主角們這樣！從車裡……不是這樣啦。我說，日南。」

「怎麼了？」

我先用視線觀察日南，然後再說出心裡一直在意的事情。

「妳會接受我約妳看電影，該怎麼說，是為了上這堂課嗎？」

日南大幅度地眨眼眨了兩次。

「這是當然的吧？除此之外還有什麼理由看電影嗎？」

這種過於理所當然的語調讓我嘆了一口氣。

「……說得也是啊～」

雖然要說有她的風格的話，應該是真的挺有她的風格的啦，可是就有點那個啊。

如此這般，我經歷了在舊校長室對紺野繪里香嗆聲、後來看似一點變化也沒有卻微妙地改變了的教室氣氛，以及我自己心裡那僅有一點點的想法變化之後，終於約了日南葵去看電影——這樣子是不錯，不過那些事從頭到尾都被回收到一如既往的現充課程去了。不愧是日南同學，事情果然沒有那麼容易啊。而且不愧是我，成長真緩慢啊。

不過啊，就算這麼說，我的想法也是從覺得這傢伙性格很差或者對自己太有自信之類的，變成覺得她果然很多地方都很厲害，感覺可以尊敬她了。畢竟心情上的變化也就只有這樣，所以就算這不是約會性質的什麼而成了上課性質的東西，也不會真的受到那麼大的打擊，反而應該說很健全嗎？甚至覺得對今後的發展是有益處的喔。

「……欸。」

「啊……什、什麼？」

「不該回我『什麼？』吧。有在聽人說話嗎？」

身子突然探過來的日南，她大大的眼瞳撞擊著我的視線，流暢飄動的美麗髮絲柔和地撫觸我的臉頰，有一點點覺得癢。太、太近了太近了。

「抱、抱歉！剛才妳說什麼？」

不由得把臉別開。

不過這也只是像以往那樣，因為我並不擅長跟人四目交接。

「我說啊。現在是你說感想的課程。你知道這個結束之後就要進行聽女生說感想並且附和的課程嗎？快點達到及格分數做個收尾。」

「真、真的嗎？」

「這是當然的吧。好，那接下來是……」

日南同學還是老樣子擺出一副斯巴達態度，我的主導權也一直被她握在手裡。這讓我很不甘心所以試著做出這樣的提案。

「在這之前先確認。日南，明天妳有空嗎？」

「啊？怎麼這麼突然。我說啊，我也有很多事要做的。怎麼可能連續兩天只把時間耗在你身……」

「AttaFami。」

「咦？」

日南以帶點期待而發亮的眼眸看著我。只要是跟AttaFami有關的事就很容易看出她的心情啊。

「AttaFami，我想玩玩看先贏十次就勝利的規則，怎麼樣？」

「……求之不得呢。」

不愧是日南，只有關於AttaFami的邀約會輕易上鉤。

如此這般，星期日就先贏了她十次而讓我的心情舒暢。奇怪？我好像，染上了日南她那種很差的性格？

＊　＊　＊

開始新的一週的星期一。教室，上課之前。因為星期六開過會議了，所以早上沒有會議。

「啊，友崎友崎！」

「嗯？喔喔，泉。」

在班會幾分鐘前進入教室的泉對我搭話。還是一樣散發一種香香的味道而且看起來傻傻的胸部又大大的。

「那個啊，聽我說一下！」

「怎、怎麼了。」

「大概……完全，背熟了。」

泉用既嚴肅又沉重的語調這麼說。應該是在講我當成功課出給她的，把AttaFami對戰的動態背起來的事吧。

「哦哦！真的嗎！」

「真的真的！」

舊校長室的事件之後，我在這個微妙地改變了的勢力圖中，過著比起之前多少更抬得起頭來的生活。

「那麼差不多，可以真的跟中村對戰了吧。」

「真的嗎……太好了。」

泉握拳曲肘比出小小的勝利姿勢。戀愛中的女孩子純粹的勝利姿勢真可愛。

就像這樣，我比之前都還有辦法面對面地進行對話。說得精確一點，是泉很擅長跟人聊天所以我只是順著她的勢頭而已，並不是我的成長幅度有那麼大就是了。畢竟話題也是AttaFami這種我擅長的領域。

所以不能只有這樣，我也要自己主動再踏出一步繼續累積經驗值。

「啊，說起來，好像要到了。」

「嗯？什麼？」

每天都是特訓。我從背起來的話題之中想出可以用在泉身上的。

「好像快到中村的生日了啊。」

「……呃，是沒錯啦不過友崎你怎麼會知道啊!?說起來為什麼要對我說這個！」

泉不知道為什麼紅起臉來還說個不停。啊，這代表太直接提起中村的事果然還是不太體貼嗎？到底是怎樣呢日南同學。

「啊，不，呃……啊哈哈。」

「你啊哈哈什麼啊！而且明明是一個月後的事，根本就沒那麼快啊！」

雖然我會像這樣子不怎麼樣地說出不合時宜的話題，不過還是希望這方面可以受到寬容的看待。

但最近就像這種感覺，比起之前的孤單，我有了些許的進步。會像現在這樣在班上跟泉聊 AttaFami 或者隨便閒聊而說上話，還有跟深實實和小玉玉，以及日南她們三個人一起聊天的場合也變多了。孤零零的感覺一點一滴逐漸減少。這可是很猛的喔。

不過仔細想想，會說『班上有幾個人可以聊』這種單純的事很猛的我說不定很糟糕。希望對這方面可以睜一隻眼閉一隻眼。

要講有什麼困難的地方的話，該說是紺野繪里香跟她的跟班還是一樣對我很嚴厲嗎？她們會用我剛好聽得見的音量說出「很噁心吧～」「那個眼神啊」「可是拚命的樣子真的很有限！」等等對話，效率很好地在我的內心積累損傷。我受不了了啦。不過，除此之外都很安穩。

可是思考一下就發覺我幾乎都在跟女生交流，該說這是看在其他男生眼裡會覺得不愉快的事嗎？總覺得就算被別人用「那傢伙是怎樣」之類的眼光看待也不是什麼奇怪的事。

所以是不是差不多該拿這方面的情形跟日南諮詢一下比較好呢？

我開始想著這種事情的時候，在第四節課之前的下課時間，發生了那件事。

「友崎。」

「……嗯？」

不太會叫我的聲音叫起了我的名字。轉過頭去後，發覺在那裡的是——水澤。

水澤。常常跟中村待在一起，燙了時髦髮型的棕髮清爽帥哥。和另外一個跟班竹井不一樣，水澤給人的印象比起『跟班』，更像是在背後支撐著中村的軍師。在家政教室跟深實實還有小玉玉發生了一些事的時候，也強烈地感覺到了這一點。

「呃——又要把我叫出去……？」

我小聲地這麼詢問之後，水澤就「哈哈哈！」地用可以傳得很遠的高亢聲音笑出來。

「不是不是！只是很平常地跟你說話而已。你這傢伙到底有多習慣被人叫出去啊！」

是輕浮的語調。不過我這個弱角果然到了會被人無條件地用「你這傢伙」稱呼的程度啊。在我對於自己這種穩定的弱小特質甚至覺得感慨的同時，也因為不是被叫出去而安下心來。

「只是很平常地對我說話而已，所以？」

「『而已，所以？』個什麼鬼啊。我說，前陣子還挺猛的吧？」

「前陣子？啊啊，跟紺野繪里香的……」

「對對對！」他像是很開心般咯咯地笑著。「第一次看到讓繪里香那麼怨恨的人呢。」

「吵、吵死了！」

我雖然想不到用什麼話來回應比較好，還是意識著以開朗的語調吐槽。這也是練習。表情也打算擺成開朗的模樣。理所當然地，我為了讓語調跟表情穩定下來，每天都一點一滴地持續練習。然而面對地位比較高的人就是沒辦法好好表現。

「友崎啊。」水澤不知道為什麼露出佩服的表情。「不，比起那個……你那麼做，挺好的。」

「咦，挺好的？」

我用傻里傻氣的聲音問了回去。

「對啊。該怎麼說呢，當時那些是你心裡頭想的事吧？」

我回想那時在舊校長室裡，對著紺野繪里香吼叫的記憶。呀——

儘管被別人說那是我心裡想的事情讓我有點害羞，不過因為也是事實，所以回以肯定。

「對，算是吧。」

然後水澤不知道為什麼高興地笑了出來。

「也對啊。該怎麼說啊。我並不討厭那樣吧。」

「……咦？」

「你想想，那種行為真的認真過頭了，看了就覺得悶，總是會覺得很遜吧？雖然有些人會因此就說那種行為很噁心之類的……像是紺野那種人。可是我啊。覺得那樣子非常好，我其實也……」

他停在這裡沒有繼續說下去。

我聽水澤講那些出乎我意料的話聽得入神，不禁說了「……其實也？」催促他把話講下去。

「我也同意你那些話啊。而且，該說抬頭挺胸地說出那種事的你讓我有點感動嗎？或許我是想讓你知道也有像我這樣跟你站在同一陣線的人吧。」

「同、同一陣線？」

我反芻著跟自己至今的高中生活實在無緣的那種高尚說法。

「嗯，我也不是就這樣子自說自話而已啦。是想跟你說下次幾個人一起輕鬆地吃個飯這樣！」

「幾個人一起……」

我對他這番話這次感受到的是不祥的氣息，不過我還是盡可能地用輕鬆的語調回他「Ｏ、ＯＫ」。這是參考泉跟其他人的反應。那種感覺很爽快的ＯＫ聽起來很舒服。

「當然不會約修二啦。」

「欸，這樣啊。」

水澤不知道是察覺到我的心情還是一開始就打算那樣，乾脆地把我的不祥預感給抹除了。

「這是當然的啊。你不想跟修二待在一起吧？」

「呃呃……算、算是吧。」

我曖昧地模糊話語。

「友崎啊。」

水澤認真地注視著我的眼睛，然後擺出不懷好意的笑容開了口。

「這種時候馬上回答『嗯，不想啊』之類的會比較有趣喔？」

突如其來的建議出乎我意料地讓我做出「咦？」的反應的同時——我也接受了他的說法。

「……的確是這樣。」

沒有理會十分佩服他的現充力的我，水澤迅速地進展話題。

「對吧？至於，還要約哪些人的話，我想想……」水澤露出賊笑，看著我的眼睛。「葵之類的吧。」

他的人選，又一次讓我動搖。

「啊，嗯。日南啊。」

為了不讓他發現，我裝成平靜的樣子回答。

「對對。你們最近關係不錯吧。然後差不多再隨便找一個女生一起去吃飯的話會滿有趣的呢，大概就這種感覺吧。」

「原來如此。那樣子的確，感覺滿有趣的樣子。」

我一邊運用臉部肌肉微微地做出笑容一邊說。

「對吧？那我晚點再找你聊～！」

「ＯＫ。」

我再次發動從泉那邊學來的ＯＫ，同時對於許多人認為我跟日南最近處得不錯這件事情感到驚訝。深實實跟泉也都說過這種事啊。該怎麼說，果然現充察覺人際關係變化的能力很強啊……

說起來，是要一起吃飯嗎？老實說我真的覺得太突然了而有點怕怕的，不過這種程度，對一般高中生來說也不是什麼稀奇的活動啊，大概吧。所謂的高中生好猛啊。活動有一大堆就對了。

不過只是那種程度的活動，日南也在場的話就有辦法撐過去吧。雖然要依賴那傢伙心情不太爽就是了。

跟他說完話之後當天午休又有一次，放學後也再一次地跟水澤稍微聊了一下。該說水澤有氣勢凌人的現充氣場嗎？當然深實實跟泉那樣子的也是現充啦，不過是因為男性現充所以全身上下有種威迫感嗎？散發著「弱肉強食！」這種氣氛，比女性現充還要恐怖好幾倍。讓我有夠緊張的。這也會化為經驗值嗎？

可是就像這樣，雖然不知道之後會變得如何啦，不過我算是跟關係發展成稍微可以稱作朋友的男學生有所交流，而且對方還是屬於現充那一方的人，該說有點開心嗎——

我會想說，當時喊叫出來的內容能被認同，讓我有點開心之類的。

＊　＊　＊

「那麼，好久沒在這裡開會了呢。」

「還請您手下留情。」

放學後的第二服裝室。從那起事件以來，還是第一次在這裡召開會議。

處於現在已經看慣了的積滿塵埃的老舊空間，我發覺自己的內心莫名地安穩了下來。

「那首先，還是先確認一下現在的目標，不過你有好好記著嗎？那個微小的目標。」

日南俐落地推展話題。

「嗯，那當然。『跟日南以外的女生獨處，兩個人一起去某個地方玩』這樣講可以吧？」

「沒錯。」

日南點頭。

「可是思考得愈深就愈覺得恐怖啊，那個目標。」

「我也已經聽膩了你那種無聊的洩氣話。」

日南一邊觸摸著如同絲絹一般美麗的黑髮髮尾，一邊無情地吐出狠話。她換個姿勢翹腳的時候微微窺見的大腿內側，反射了透過窗戶照進來的陽光而發出白色的眩目光芒。包括體態在內，這傢伙的外表真的是正到不行。

「可是，該怎麼做才好？只要恰當地去約對方就ＯＫ的意思嗎？」

我的話語讓日南的頭左右搖動。

「比起那樣子，能夠自然地藉由話題的推展去達成才是最好的喔。畢竟也是有只要單純朝著目標埋頭苦幹、拚命邀約，就可以簡單過關的目標在呢。」

雖然我不覺得簡單就是了。

「嗯，自然地。」

「對。再加上，就算能夠兩人獨處又一起出去，以你現在那種低劣過頭的技能應對的話，沒辦法好好對話而讓約會失敗的可能性還比較高，首先要以那方面的強化為優先喔。」

「原、原來如此。可是對話的技能啊……」

「那並不是一朝一夕就有辦法解決的問題，所以就是為了想辦法改善才要你默背吧？有好好地做嗎？」

「有做喔。」

默背。也就是說，把跟別人聊天要用的話題背起來。

沒辦法跟日南開會的這幾天中，我也有像之前那樣確實地把話題背起來。

「也是呢。至少就我看到的情況來說，看起來是有在做。」

「就妳看到的？」

因為她的話出乎我意料，所以我問回去。

「你偶爾會自己拋出話題吧。跟我、深實實，還有花火聊天的時候也會。」

「──啊啊。」

這樣啊。背起來的話題。不管是跟泉說話的時候，還是跟深實實、小玉玉或者日南說話的時候，我都會想著要盡可能地尋找當下有沒有能從自己背起來的東西裡頭拿出來的話題，如果有的話就看時機拋出來。那種情形日南看一看就知道了吧，畢竟只是那種程度。

「這代表你有用那種方式努力吧。畢竟單純背起來，跟實際把話題拋出來之間還是有很大的差距。你有辦法那麼做，成長可是十分地顯著喔。」

雖然是不帶感情的語氣，不知道為什麼嘴形卻浮現像是開心一樣的笑容而這麼說。

「是、是這樣嗎？」

受到誇獎之後總是會不由得變得不知所措。

「不過，你老是一副準備要拋出話題的架勢，所以有時候語調會太不自然，像是發出『我、我說啊！』這種彷彿要開始很重要話題的氣氛，結果說出來的卻是『最、最近在電視上……』這種怎樣都沒差的話題，這是需要深切反省的重點。」

她一邊浪費演技重現我那令人不舒服的語氣，一邊把話語刺進我的心靈。

「我會精進……」

我很單純地因而沮喪了起來。看著我這樣的表情，日南滿足般地笑了出來。這傢伙S（註1）的傾向是不是增加了啊？

「說是這樣說，要改善的地方顯而易見的話還算不錯吧。那麼，接下來是今後該怎麼做的話題……不過在那之前，有發生什麼改變狀況的事情嗎？」

「狀況……啊。」我想到一件該提出來的事。「雖然是今天發生的事情，不過我跟

註1　應指Sadism或者Sadistic，嗜好虐待人的意思。

水澤聊了不少。」

「跟水澤？說起來，好像聊了滿多次呢。」

「對啊。也因為那樣子，今天換教室上課之前我沒辦法去圖書室就是了。」

「這樣啊……嗯——這算是無可奈何的呢。」

日南有對我說要朝著『中等程度的目標』，也就是『升上三年級之前交到女朋友』這種扯到不行的課題持續努力，而其中一環就是要盡可能跟『要攻略的女主角』菊池同學說上話，她要我一定要那麼做。

「換教室上課是在週一跟週三，所以我打算後天過去……」

「嗯，那樣的話就沒關係了。說不定反而比較好呢。所以，水澤的事是怎樣？」

儘管在意著「反而比較好」的說法，不過被問了別的問題所以就回答。

「嗯，該怎麼說，前陣子不是跟紺野之間發生了那件事嗎？他對我說他認同我那個時候所說的內容，還有下次約幾個人一起去吃飯之類的。有說加上日南，男女總共四個人還怎樣。」

「……嗯嗯。水澤他這麼說啊。」

日南皺起了眉頭。感覺挺稀奇的。

不，皺起眉頭的行為本身並不怎麼稀奇，不過像這樣，對於眼前的我以外的話題，而且對方明明沒什麼惡意的樣子卻讓她露出這樣的表情，這樣子我覺得挺稀奇的。

「怎麼了？有什麼地方不對勁嗎？」

「你問怎麼了，是指什麼？」

「不，總覺得……」

「也不是什麼大不了的事。不過說得也是。幾個人一起吃飯，說不定剛剛好。」

日南深思般地把手指抵在嘴唇上。雖然感覺她好像是為了變換話題才這樣，不過表情上沒有破綻。

「剛剛好是什麼意思？」

「當然是指剛才的話題啊。對話的技能。真要說起來是約會的技能呢。這樣看來可以做不錯的練習。」

看來話題已經完全地轉變了。

「練習嗎……的確，要是能在我跟妳、水澤還有另一個人待在一起的情況下練習的話，做起來會比較容易吧。」

「對吧？」

我想像著那種場面。

這種現充一般的景象是怎樣啊，我這樣想的同時，也對於會因為日南待在附近而懷有安心感的自己感到不甘。想著這些事的時候日南又開口了。

「而且，不只約會中的部分，還可以練習怎麼約人。」

「咦？練習約人？」

也就是說……該不會。

「對。就是說另外一個女生，要由你去約。這是當然的吧？」

「……果然。」

就是這個意思呢～

就像這樣一個接著一個，在名為人生的遊戲當中被設下了修行的課題。

＊　＊　＊

把後來跟日南繼續開的會議中決定的事項統整起來的話，就是這樣子。

考慮到我、日南、水澤這樣的人際關係，由我來決定另外一個人要約誰。

決定好要約誰之後，我要思考該怎麼約那個人比較好。

然後，我要用決定好的那個方法，去約那個人。

也就是說，要靠我決定靠我思考靠我去約。由我獨挑大梁。所有的成敗都背負在我身上。這樣子真的好嗎？這該不會就是那個吧？所謂獅子會把自己的小孩推下懸崖的意思吧？可是我大概不是獅子而是孑孓的說，這樣子真的沒問題嗎？

話是這樣說，不過既然是身為人生最強玩家的日南同學指示的那就沒辦法了。就算不甘心，但是這種做法應該也沒有什麼大差錯，這樣的話，身為 AttaFami 最強玩家 nanashi 的友崎文也就不可能放水了。

所以我回家後獨自一人思考。

第一項，要約的人。

這部分倒沒有迷惘到那種地步。要說我能約的女生差不多就是深實實跟小玉玉，還有泉、菊池同學她們了。在她們之中，首先菊池同學不管在類型跟派閥上都挺困難的，小玉玉看來也不是很擅長應付那一種的。畢竟前陣子在家政教室就挺糟糕。雖然說這次中村不在，不過我覺得也是很難應對。

這樣的話就變成深實實或者泉了，不過要說誰跟水澤的關係比較深的話——嗯，就是泉了。畢竟泉所屬的紺野繪里香集團，跟中村集團的關係挺深的啊。

這樣的話就先假設要約泉。

以這個前提進展到第二項，邀約的方式。

雖然之前覺得這點是會困惑最久又最難的，卻意外地順利決定好了。

以日南教我的資訊為基底而儲存起來的話題，裡頭的其中一項成為了光明。

附帶一提，那個話題的內容也就是，之前也對泉說過一次的這個。

『好像快到中村的生日了啊。』

也就是說我打算拿這個當藉口來用。取名為『是不是不知道中村的生日禮物該買什麼才好？這樣的話問水澤就好了嘛畢竟他們關係很好！還有日南好像很擅長思考那方面的事情所以一起去就好了啊！奇怪？是不是不需要我大作戰！』。我自己覺得這是個好主意。

然後到了隔天早上。在第二服裝室召開的會議中訴說我思考的作戰之後——

「……沒什麼，你覺得那樣子可以的話就沒關係。你行吧？」

我從她這種別有深意的話語中得到了贊同。因為問了「妳是什麼意思啊？」之後她也沒有告訴我答案，不過雖然不知道還是決定用那個方法上陣了。之前唯一不安的是『說起來泉會買禮物嗎？』這點，但根據日南的說法是幾乎百分之百會買。她也有說畢竟在一個月前，所以已經買好的可能性很低。這樣的話就只能上啦。

＊　＊　＊

如此這般到了教室。雖然今天一定要約泉才行——

不過在那之前的第一個關卡是名為『告訴水澤我要約泉』的任務。

要問為什麼，就是不先說一聲的話，就會演變成我擅自決定要約誰還去約人，說起來水澤說不定已經約好別人了。也就是說，這是為人處事的禮儀啊。這種事是日南教我的。她對我說「欸，這跟不是現充之類的沒有關係，本來就是應該要注意的事情吧？」還擺出非常厭煩的眼神。可是我不會輸的。要問為什麼的話就是我已經習慣被痛罵了。我可是有在反省。

懷著這樣的想法到了早上的班會前。我對已經來上學的水澤搭話。水澤比中村早到的時候滿多的，我就是看準這點出招。

「水澤。」

我對於自己沒有把『水澤』這個詞說得卡卡的而順利講完的情形覺得驚訝，同時等待著他的回覆。如果是平常的我的話，確實是會說成「水、水澤」的感覺。真猛啊我。

「嗯？友崎啊！幹麼擺出一張那麼嚴肅的臉！」

「咦，嚴、嚴肅？」

「怎麼了？一直在緊張的樣子，肩膀放鬆啦！」

水澤一邊笑一邊拍了拍我的肩膀。

我似乎是緊張到從臉色都看得出來的程度。真不猛啊我。

不過沒差啦我本來就是這種人！下一步！

「啊，那不重要啦，是要講昨天說過的飯局（？）的話題。」

「啊——瞭了瞭了，說那個啊。」

「不是有說我跟水澤還有日南，然後再加上一個人就行了嗎？」

「是沒錯啦。」

「那個，我在想要不要約泉看看啦，你、你覺得怎樣？」

對於我詢問情勢般的語調，水澤像在觀察我的眼瞳般窺視而來。我是不是應該再自然一點並且抱持多一點自信說出來啊？

「……嗯，也沒什麼不行的啦。」

「真的？這、這樣的話我晚點就去約她囉。」

不知道剛才是不是有等我把話說完，水澤開了口。

「你這人啊。」然後他露出賊笑。「感覺起來，最近挺拚的喔？」

「咦？」

水澤俐落地指向我的頭部。

「沒啦，我一直覺得很奇怪喔！你那髮型，擺明是最近剪頭髮的時候換成去美容院了吧？不抓一下挺浪費的啊，那顆頭。」

他那意外的話語又出乎我的意料了。

「呃，看、看得出來嗎？」

「當然啊！」水澤一邊這麼說一邊觸摸我的髮絲。「……而且弄得挺棒的呢。我啊，我將來的目標是成為美容師，所以對這方面的事才會有點囉嗦啦。」

「這、這樣啊。」

原來如此啊。只會冒出這種感想是因為我不是現充的關係嗎？我不禁把眼睛別開。

水澤沒有理會困惑的我，繼續玩弄著頭髮。

「至今一直是超陰沉角色的你為什麼到了現在會開始去美容院！這樣想的時候就

發覺你跟葵、泉還有深實實的關係開始變好了！感覺說話的方式也開朗了起來！而且最厲害的是你還要自己去約泉啊？這種事情不可能用偶然就說得過去了吧？」

「唔……」

每句話都一針見血而困惑的同時，我自己也對『說話的方式也開朗了起來』這樣的指明感到有點高興。

「不過，簡單來說，就是『脫離陰沉角色大作戰』的意思吧？不過該怎麼說，行動積極嗎，我不覺得這是光靠你一個人思考而進展的啊。實際上，有發生什麼事吧？」

「沒、沒什麼啊。」

像是演說家一樣用斬釘截鐵的語氣夾雜著肢體動作，水澤把我的痛處一個接著一個地戳了出來。我對那種推理與談話技能啞口無言的同時，內心也焦急了起來。這種時候，日南的事情要是洩漏的話，是最不好的情況吧。

「也就是說，你是那樣了吧。把這些事整理起來的話……」

我默默地等待著水澤的話語。水澤這次不是對著頭部，而是朝著我的臉，筆直地指著。

「──你看了脫離阿宅的書之類的吧!!」

疑似有看脫離阿宅的書（隔了兩週的第二次）。是被妹妹那麼說之後又一次受到這種對待。

＊　＊　＊

然後到了午休。課剛上完而每個人都開始收拾課本跟其他東西的時候。

我打算在這個時間點去約泉。

水澤在結果沒有什麼大不了的推理之後，給我「約泉完全沒關係喔。加油！」這樣的許可，同時鼓勵我所以不努力可不行。雖然想要先讓心情冷靜下來，不過往左看就發覺泉在那邊所以完全靜不下心。這就是座位在旁邊的壞處。順帶一提，一直到午休都沒說半句話並不是作戰，只是怕到不行而拖延了而已。

不過，台詞決定好了，也做了很多次想像訓練，語調跟說話方式也練習滿多的，應該不是難到那種地步的事情才對。

——我也知道這麼想而大意的話就會意外地跌一跤。畢竟我就是那樣失敗了很多次啊。所以連大意也不行。現在上陣！

「泉。」

「嗯？」

泉那圓滾滾的眼睛完全不帶惡意地注視過來。這雙漂亮的眼睛是怎樣啦。竟然會用這麼純粹的目光往我這邊看，光是這樣就值得感謝了。重點不是這個。

「那個，昨天不是說過中村的生日差不多快到了嗎。」

「又講那個!?而且也不是差不多啊！是還差得遠喔！」

泉的心情都寫在臉上，紅起臉抗議著。我一邊壓抑想請她告訴我什麼時候開始才算『差不多』，還有『差得遠』該算到什麼時候的心情，一邊開口。

「沒啦，說是那樣說沒錯，那個，我想泉是不是會買生日禮物給他啊？」

「嗯，是有想要買啦……呃，什麼，你是想問什麼啊!?」

泉用兩手拍打著臉打算讓情緒降溫。那樣子絕對降不下來的喔。

不過，已經確認了她還沒買，以及之後會去買禮物。好。

「其實剛才有聊到要跟水澤和日南去哪裡吃個飯之類的事，然後說是想要再找一個人這樣……」

「嗯。啊，所以找我？」

我把腳本上的台詞原封不動的，一邊做出誇大的開朗語調，一邊化為語音。

「差不多就這種感覺。所以……說起來，妳有要買禮物吧？這樣的話，水澤他們跟中村關係不錯，應該會知道該買什麼才好之類的，所以我覺得約妳比較好。」

「的確！」

泉一手握拳敲上掌心。她以「原來如此，可以接受！」這樣的目光看著我。

「日南對那方面應該也很在行，大家一起去買的話如何呢……就是這個意思的說。」

「啊，不過沒關係啦，過意不去！」

「咦？」

過意不去？預料外的回答讓我思考停滯。

「畢竟你們是要約吃飯吧？要是大家因為我要買東西得配合我的話就過意不去啦！」

泉開朗地水平揮手。這時我發覺了。的確是這樣。泉就是這種性格。

身為班上地位最高的，紺野繪里香集團的辣妹，同時也會觀察氣氛而在意周圍的目光，擅長為了他人而行動、關懷別人的類型。可是這方面反過來說，也會變成從其他人身上得到什麼東西就會不自在的性格。就像僧侶並不擅長戰鬥那樣。擁有長處的另一面就是會有許多不擅長的事物。大概吧。

所以，其他人不求回報來幫忙自己的狀況，應該不是她擅長的事情吧。

啊——失算了該怎樣撐下去啊。她就這樣拒絕的話也很難搞啊。

「沒關係啊，妳完全不用覺得過意不去還怎樣的啦！」

「咦——可是啊，大家會買禮物給修二嗎？」

到、到底會不會呢。沒有聊過那種事。可是私下撒謊的話也不行……

「不、不知道。」

「對吧！這樣的話，如果大家都要買的話再一起去囉！」

提出妥協方案的同時大致上還是拒絕，現在的氣氛就是這樣。

啊——該怎麼辦，要先暫時擱著之後再重新約她嗎？想著這些事情的時候，心境就演變成，因為不喜歡那樣所以打算硬推一把，想在此時此刻就把結果給定下來。不知道這樣子是逃跑還是進攻了啊。

「呃——可是，我覺得不在意也沒關係的說……」

「是這樣嗎？」

「……該怎麼說才好啊。」

「嗯——？」

我不知道該怎麼接下去，泉也愈來愈困擾了，真糟糕。

有什麼招式可以……這麼思考的時候靈光一閃。

這招怎麼樣啊？雖然有這樣的疑問，不過因為我很焦急，就沒有驗證那一招的妥當性，而不自主地單純順著勢頭脫口而出。

「我是說，我也會買啊。」

「咦？」

泉的動作停止了。

「我也會，買禮物，給中村啊。」

「……啊？」

我被一副「真是有夠搞不懂」的臉色看著。嗯，沒辦法。我也覺得要是還有其他人在的話，那個人會用比泉還困惑的表情看著我吧。為什麼我要買禮物啊？關係很差才對吧？

……得想個辦法挽回才行。要說什麼藉口才好。

「不，該怎麼說……想要和好吧？」

「和好？」

我那番因為過於痛苦而擠出來的話語讓泉的表情稍微開朗了一點。咦，是在期待什麼呢。我在意這點的同時繼續把話說下去。

「妳想想，前陣子的氣氛雖然變得有點怪，不過該說想跟同樣喜歡 AttaFami 的人和好嗎……中村他，好像已經喜歡上 AttaFami 了嘛？而且看他前陣子的感覺，大概也不是什麼壞人，我是覺得或許說不定能跟他和好嗎……」

藉口意外順暢地從嘴巴裡跑出來的情形連我自己都很驚訝。為什麼會這樣呢。

是不是身上帶有什麼技能啊？

「所以啊，想趁他生日之類的機會，營造個契機之類的……」

講完後，泉就用一副呆愣的表情注視著我。

維持那樣沉默了一小段時間，接下來轉為整個爆發出來的滿臉笑容。

「——這個好!!」

兩手放在我的肩上劇烈地搖來晃去。咦，怎麼了怎麼了？

我隨著她的動作連頭部都一起受到搖晃。

「這個好！這提議很棒啊友崎！其實我也覺得有點討厭。該怎麼說呢，你想想，我跟修二他，那個……關係不錯嘛⁉還有最近，跟友崎也常常聊天啊，所以一直都在想！兩邊都是好人吧，畢竟都是跟我關係不錯的人，可以的話希望你們不會變成像是要吵架的感覺嘛！啊，抱、抱歉。」

她最後像是恍然大悟一樣地對我道歉，移開了放在我肩上的手。我對於剛才從泉那邊獲得『關係不錯』這樣的話語覺得很感動。希望不要吐槽說這應該是社交禮儀。

「嗯、喔……」

「所以啊，朋友跟朋友吵架很悲傷嘛。既然都是跟自己關係不錯的人，互相打好關係的話，說起來我也會很高興或者很開心嗎！會、會不會熱情得很噁心啊？不過，那種事，我覺得，非常地棒喔！」

「呃，果、果然是那樣子呢！」

實在有夠聖人般美麗過頭的言語陳列在前，然而我聽起來只覺得那是她打從心底說出來的真心話，我僅僅是單純地承受了下來。這是什麼？光？

長得既華麗又可愛，化妝也是流行前端，制服的穿法也是很吃得開的那一系，卻擁有這種過於純粹的心靈。而且胸部也很大……不行啊，在聖人面前千萬不能抱持邪念。

「所以，我要幫忙！一起去買禮物吧！」

是那樣嗎，想著多餘事情的時候，話題就往奇怪的方向集中過去了。

不過嘛，畢竟已經成功約到她了，演變成這樣子了也沒差吧……？

「嗯，喔！呃──謝謝。」

就像這樣，『是不是不知道中村的生日禮物（略）奇怪？是不是不需要我大作戰！』不知不覺之間，已經變更為『中村與友崎，和好大作戰！』的樣子了。

然後當天的放學後。

「──如此這般，我約到她了。」

對於做完報告的我，日南又吐露別有深意的話語。

「辛苦了。不過雖然我之前也問過，那樣子真的可以吧？」

「啊啊，我之前一直很在意那個說。那樣子可不可以，是什麼意思？」

「因為，你跟水澤，一開始是說要一起吃飯吧？」

「是那樣沒錯。」

對啊，說起來變成買東西了呢。

「雖然我覺得想一想就會發覺了，單純坐著講話的飯局，跟一邊走路一邊逛各式各樣的地方買東西，以你這種程度的初學者來說，買東西的難度可是高出非常多喔？」

「……啊。」

這時我察覺了。如果只有飯局，確實是只要有日南在的話就一定有辦法在對話中撐過去，除此之外也沒什麼需要思考的，並不會不安到那種地步。可是變成買東西的話……自己也要想該買什麼東西才好、對別人買的東西該給什麼意見才好、還有最基本的走路的時候該站在哪一邊又該往什麼地方看才好，啊啊，不知道的事情多到不行。

「看你那個樣子，果然一直都沒有發覺呢……」

日南嘆氣。

「可、可是不做到那樣的話也沒辦法約她啊。」

「一般來講，她回你說陪她買東西會過意不去的時候，改問她能不能只約吃飯不就行了？」

「啊……」

我不禁發出聲音之後，日南臉朝下左右搖了搖頭，同時嘆了一口氣。

就這樣子，我自己不小心把難度給提高了。

＊　＊　＊

會議結束後的當天晚上。跟家人一起吃飯的時候所發生的事。

吾師的說法是「畢竟讓你連統籌都負責的話實在很不自然，而且突然要你做，你應該也沒辦法」，所以我約好泉之後任務便告一段落，讓日南接手後續的安排。因此我才有辦法安心下來吃晚餐。附帶一提，妹妹坐在我的旁邊，而母親坐在她的對面，不過母親只吃了一點就從位子上起身，到廚房裡開始做家事。這是因為她有在稍微節食所以晚上不太會吃東西。以三十歲後半來說很厲害了。順帶一提，父親因為工作所以不在家。

我放空地看著電視，不發一語地用餐的時候，一直放在口袋裡頭的手機傳來震動。喔，是哪裡傳來的電子報嗎？

「嗯。」

拿出來看了看之後，發覺智慧型手機的畫面上有著『受到群組邀請』的文字。是通訊ＡＰＰ的通知。這是什麼，第一次看到。邀請？

總之先點點看後，發覺我被邀請到名字是『生日禮物♡作戰會議』，像是聊天室一樣的東西裡頭，而面臨著要同意或是拒絕的選擇。

「……這什麼東西？」

弄出這個像聊天室一樣東西的好像是日南，顯示著『日南葵邀請您加入群組』這樣的文字。看來似乎也有可以看其他成員的地方就按下去看看，結果發覺『邀請中』的地方顯示著『孝弘』『優鈴同學』這樣的名字。『優鈴同學』想必是泉，那麼『孝弘』就是水澤了吧。

雖然是第一次被邀請到這種東西裡頭，不過推測一下也知道這應該是用來決定這次買東西的行程之類的群組聊天室。而我被邀請到裡頭去了。大概是通訊ＡＰＰ有那樣的功能，身為統籌的日南就拿來用了。這個名推理如何啊？真要說起來，不知道這個東西實在很糟糕這點我也多少察覺到了，所以希望別往那方面檢討。

一邊思考一邊觀望著畫面的時候，『優鈴同學』從『邀請中』變成了『參加中』。喔喔是即時的。應該是馬上察覺到這個通知而立刻決定接受邀請了吧。果然是身為現充的泉。加入他人牽繫起來的群體的時候毫無猶豫。

那接下來我也按下接受邀請吧……我是這麼想，不過總覺得這個，莫名地讓人緊張。弄出這個聊天室的是日南，也不管我有沒有辦法跟聊天室成員的水澤還有泉好好談買東西的事情，總覺得，有一種我不知道可不可以待在這裡，莫名覺得待起來不太舒服的感受。會這樣覺得也是因為我不是現充嗎？

嗯——這樣子一邊迷惘一邊注視著智慧型手機的畫面之後，聽起來並不愉快的音色傳進了我的耳朵。

「欸，一個人碎碎念很吵的說。妨礙別人吃飯。」

坐在旁邊的妹妹皺起眉頭看著我這裡。我的視線朝她看過去之後，妹妹就無視我的視線移開眼神，繼續吃飯。明明晚餐時間常常不在還這麼跩。

「又沒有在做什麼。」

「嗯——怎麼了，是在玩色色的遊戲之類的嗎？」

「啊？我才沒玩過那種東西喔。是真的，相信我吧。」

「啊？噁心。我沒懷疑到那種地步的說。」

妹妹以介於像在看著髒東西的眼神，眼睛半睜的瞪向我。

「呃，咦……LINE？哥哥在用？」

或許是瞪過來的時候看見我的智慧型手機畫面吧，她發出了驚訝的聲音。

「……是這樣沒錯。」

「哦，真稀奇。」

不知道為什麼以一副不滿的模樣丟下這句話之後，她一邊吃飯一邊三不五時地往我這邊偷看。

「怎樣啦？」

「沒事。」

「啊？」

我說了「欸，所以是怎樣啊」追究下去後，妹妹覺得很麻煩似地回答了。

「我只是覺得哥哥有在用LINE很稀奇而已，而且那個是群組的畫面嘛。」

「是沒錯……」

「怎麼了，被邀進加了會覺得尷尬的群組之類的嗎？」

妹妹罕見地把話題擴展開來。平常明明就是會要我閃一邊去的感覺。

「該說尷尬嗎，其實也不是那樣子啦，不過就覺得加進去不太好之類的。」

「欸——」

妹妹沒興趣似地只拋出這樣的話後就迅速從我身上移開視線，自顧自地看起開著的電視又繼續吃飯。是妳自己主動問的耶，那是什麼態度啊。

我也覺得這樣沒差而吃著飯。

「……也是啦，都會有吧，那種的。」

「咦？」

妹妹的眼光由下而上朝我這裡瞥了一下，這麼說道。都會有吧？

「沒啦，我的意思是，雖然被邀請加入群組，可是總覺得加進去不太好，但是最後也只能加進去，像那種情形，多少都會有吧。」

「啊啊。」

是這個意思啊。雖然我是第一次，不過這種事是很容易體會到的吧。但真的很稀奇耶，能跟這傢伙聊起共同的話題之類的。

「說不定是那樣。不過我是因為比那種情況更加無可奈何的尷尬，才一直猶豫就是了。」

「是喔。」

然而都說到這裡了又很乾脆地打住，像是無視我一般地再次開始吃飯。這傢伙是怎樣。

我對於這種粗魯的對待感到有點受傷的同時，也跟隨妹妹繼續吃飯。

「……像是新的人際關係？」

「咦？」

妹妹又瞥了一下我這邊問我，奇怪地隔了一段時間才搭話過來。這傢伙到底想做什麼啊。

「我是說，是不是新的人際關係，發展成總之先開個群組之類的情形了？」

妹妹一邊嘟起嘴唇一邊斜眼往我這邊瞥了一下說道。不懂她的意思。

可是，上次跟這傢伙面對面說話到這種地步是什麼時候的事情了啊。畢竟到現在都沒有共同的話題啊。

說起來，從這傢伙的嘴裡聽見人際關係……這樣啊。

我覺得滿意外的。該說妹妹基本上是屬於現充群體的人嗎，明明看起來就像是什麼都沒在想，開朗快樂地過日子那種類型，卻也會因為一個ＬＩＮＥ群組而煩惱啊。

這樣一想，那我完全不會因為那種事而煩惱的日子究竟什麼時候才會到來呢？我一邊用遠瞻的目光思考著這種事，一邊回答妹妹。

「沒有啦，怎麼說呢？我周圍那些都是最近打好關係的人，大家也都是一般般地散發著很吃得開的氛圍啊。所以，大概是對於加入那些人的群組總是會覺得畏縮，或者說會緊張嗎……就那種感覺。」

「啊～這我能理解。很麻煩吧，所謂的人際關係。」

妹妹一邊擺著「拿你沒辦法」的姿勢一邊像是頓悟似地說話，感覺有加上演技。這傢伙偶爾會用這種煩人的方式說話。

不過說起來，這傢伙今天有點不對勁啊。該不會這代表她最近因為那種事而煩惱吧，是那麼一回事嗎？就稍微問問看吧。

雖然有賺經驗值的層面在，不過身為哥哥也該問。

「妳啊，該不會最近有人際關係上的煩惱？」

妹妹一瞬間顯露驚訝的表情後，很傻眼地嘆了氣，用憐憫的目光看著我。

「我說啊，哥哥。如果真的是那樣，哥哥有辦法給我不錯的建議嗎？」

對於那種像是在試探我的視線。

「唔……」

我完全沒有辦法反駁她。不甘心。能夠跟親人中的現充妹妹匹敵的日子到底會不會到來呢。

然後也就像我對妹妹回答過的一樣，我自己也些微察覺到這是無可奈何的糾葛，所以就一鼓作氣加入群組了。

過了一陣子之後開始討論，結果決定好要在這週的週六去買東西。還挺快的啊……

＊　＊　＊

決定好買東西日程的隔天，星期三早上的班會。

身為班導的女性教師，川村老師發出了這樣的公告。

「呃──之前也有印資料給大家，不過下週的……應該是星期二開始吧──三年級的學生要考試，而下個月從月初開始就要讓一、二年級的學生來擔任學生會長，所以要開始學生會的選舉活動囉～想要參選的學生要在這週之內跟我拿參選用的表單──因為一定要有推薦人，所以那方面也要確實決定好喔。表單會在下個星期一一起交出去喔～」

班級導師川村以特徵顯著的語氣告訴大家。明明挺年輕的卻已經當上了學年主任，該說她這個人並不尋常嗎，是個很有個性的人啊。而且也滿漂亮的。

說起來都到了這個時期啊。去年也差不多是在這個時期舉辦了學生會選舉。不過去年我是一年級，班上也沒有同學突然有「來當學生會長吧！」這種積極的想法，所以實際上跟什麼事都沒發生是一樣的。與其這麼說，在我的記憶中一年級的參選人一個也沒有的樣子。就連日南那麼厲害的人應該也沒有參選才對。或許是判斷負面影響會比較大吧。

班會結束，學生們嘈雜地開始對話。在這樣的情況下，我仍然坐在椅子上，不由得用眼睛追尋著日南的動態。日南自然地從現充們的對話中脫身，從川村老師那裡拿了一張紙。想必她是會這樣的啦。那應該是參選用的表單吧。畢竟她在各種層面都獨占著第一名，當然不可能會讓學生會長這種顯而易見的『第一名』溜走。

不過就算這樣，川村老師也提過推薦人什麼什麼的吧？說是參選就一定要搭配一個。雖然我不知道詳細情形，可是回想起去年的事，好像有要他們弄選舉演講那一類的東西吧。不是記得很清楚。但學生會選舉這種活動，如果沒有人見人愛的參選人，也不是能夠辦得多熱烈的東西啊。日南她打算要讓誰當推薦人呢。

思考一下之後，日南的視線往我這裡瞥了一下。嘴角微微歪曲露出一點點賊笑，接著又馬上把眼光移開。然後她回到座位上，把紙放到透明檔案夾裡頭再放進書包。

——呃呃，這該不會是。

我直接地感受到些微預感的時候。

「早喲友崎！」

這種精神好到不行的聲音在我的耳邊綻放開來。

「唔喔啊喔!?」

處於差點要從椅子上跌下來的狀態而往後面看去，發覺深實實就在那裡。她還是一樣有著好到不行的身材，面容端整到不行，精神也是充沛到不行。

「你怎麼啦，一直看著葵！是看得入迷了嗎～？」

深實實嘻嘻嘻地笑著，同時咻咻咻地往我這邊靠近。我哇哇哇地慌了起來。

「並、並不是看得入迷……」

「喔！這代表你不否認有一直看吧！」

「不對等一下不是那意思……」

步調馬上就被她掌握的同時，我還是拚命地回話。然後深實實就把視線從我這裡移開，一邊用偵探般的動作搔著下巴，一邊把視線朝向前方。

「……哎呀，看來是打算要參選的樣子呢。」

那個視線的前方是——日南。

「……學生會選舉？」

「對對！」

深實實她，似乎也看見了日南去拿紙的樣子。

「不過，畢竟是那個日南啊……她是會參選的啊。」

「啊，果然會這樣想？」

深實實用多少蘊含著認真氣氛的音色這樣說。

「咦？沒啦妳想想，畢竟她什麼都會衝到頂尖啊。感覺她這次應該也會像是理所當然一樣地當選吧。」

「……也是啦！她真的是個有夠完美的人呢！」

深實實瞬間像是在思考著什麼一樣停頓，然後才誇張地笑著說出來。剛才那個停頓是怎樣？我有一點點在意不過也想不到可以自然探詢的方法，真要說起來我就是每次對話途中都會一直停頓的那種人，所以這不是我該問的東西。總之就先思考讓現在這個瞬間不會繼續停頓下去而進展對話的方法。

呃——完美啊。不過如果把那種嘴巴很壞之類的個性去掉的話，實際上大概是完美的吧。

「哈哈哈，真的是很完美啊。」我這麼附和她。反正這也不是在說謊。

「可是令人在意的果然是……那個葵究竟會選誰當推薦人呢！」

「啊，是啊……」剛才感受到的預感，在內心裡頭反芻。「果然，會在意那個呢。」

「畢竟是那個葵選擇的，會非常受到矚目吧～」

「說、說得也是呢。矚目……」

預感因為那番話而增幅的同時，我附和了回去。

「該說是某種層面上的名譽嗎，或該說是某種層面上責任重大呢……」

「責、責任重大……」

我覺得預感就要變成確信的同時，只是單純地點頭。

「絕對不可以出差錯呢……啊！老師來了！先這樣！」

深實實一邊這麼說一邊回去自己的座位。

矚目、責任重大、不能失誤。嗯，的確是那樣沒錯啊。

——就像這樣，我祈禱著我這份預感只會以預感的形式作結，同時也因為今天換教室上課的時候一定得跟菊池同學說上話才行，還有星期六要跟那群現充一起去買東西之類的，可以思考的事情太多，所以不知道該從哪裡開始思考才好，就先擱在一邊。總之，就心如止水地開始做第一節課的課前準備。這就是悟道的境界。

然後到了當天第三節課後的下課時間。

我從悟道之境飄回現實世界，前往圖書室。

當然不是為了去檢討 AttaFami 的戰法，而是為了跟菊池同學交談。

這會是我對菊池同學訴說實情——我沒有看過麥可・安迪這位作家的書，以及當時為了撐場面而不禁配合她把話接下去——之後的第一次會面。不，她坐在同班的後面座位，所以見得到面而且有時候也會說上話，不過該怎麼說呢，在這裡會面跟在班上見面的意義不太一樣吧。就像在同屬性的場地會增強力量一樣的感覺，我覺得菊池同學在『書』的場地上是會增強魔力的狀態。

「……啊。」

我莫名地放緩心情進入圖書室之後，菊池同學馬上就發現我而轉向我這邊。那雙彷彿光是視線就可以淨化所有異常狀態般的眼瞳對上了我的眼睛。菊池同學溫柔地微笑，靜靜地讓視線往下回到書上。如同神殿一般沉靜而且待起來也很舒服的氣氛流淌出來。

看見那個笑容，就不禁想起上週她對我露出來的笑臉，我不由得有點害羞起來

的同時也慢慢地靠過去。拉開菊池同學旁的椅子，調整到比之前更靠近一點點，真的只有多一點點的位置之後再坐下去。

「你好。」

菊池同學以如同聖母瑪利亞一般，滿溢著慈愛而穩重地轉向我這邊，用彷彿妖精彈奏豎琴般的安穩音色打了招呼。我受到她言行魅惑的同時對她回話。

「妳、妳好。」

「今天也是……要檢討戰法？」

變得有時候會擺出孩子氣般表情的菊池同學，以純粹的音色詢問。

「沒、沒有，不是那樣。今天要……」

「……今天要？」

菊池同學像森林中抱著堅果的松鼠那樣把書抱在胸口，微微地將頭傾向一邊。

可以從窗戶看見的樹木也隨著她的動作而搖動了，我覺得這恐怕不是偶然。

我是打算老實說「我想跟菊池同學說說話……」才過來的，不過面對著菊池同學學連草木都能操控的魔力，那種過頭的技藝我真的是沒辦法做出來。

「那個……因為聽妳說過，所以有些在意。」

我站起身，前往附近的書櫃。

我把一本書拿出來。是我檢討 AttaFami 戰法時一直假裝在看的書。促成菊池同學誤會我是麥可・安迪的書迷的契機的那本書。

一直以來都只是為了『假裝』而拿來用的書的標題，我在這個時候，第一次確實地有所認知。《蒙面操縱士與真實的妖精》，著：麥可・安迪。

「我有點想，稍微認真地讀讀看。」

然後菊池同學就驚訝地大大張開那雙彷彿用來打開遭受封鎖的、通往天界的門扉時所必須使用的夢幻寶石般閃耀的眼瞳，然後露出符合年紀，並且像是愛書女孩那樣的笑容。

「嗯！非常歡迎……！」

「哈哈……太好了。」

我不去意識表情肌肉而自然地以笑容回應她，然後又多一點點，讓椅子多靠近那麼一點點之後，坐在她的旁邊。

只有兩人發出來一頁頁的翻書聲，以及不知道誰一步步踏出來的腳步聲靜靜作響的空間。我們兩人都沒有說話，只是單純默默地讓視線落在文字上頭。雖然說是同一個作者寫的，但我跟菊池同學看的是不同的書。不過為什麼呢？只是像這樣在她身旁看書，就像是在同一個世界裡旅行、一點一滴地互相瞭解對方的事，感覺這種既安穩又溫柔的時間流淌著一般。

這段靜謐的時光，甚至會讓人覺得三天後要跟現充男女四人一起去買東西是騙人的，也就是說我不希望三天後會到來。我真的想要在這裡生活。

2 隊伍中只有一個人等級低的話就只有那個人等級升得超快

在大宮車站前面的會合點『豆樹』那邊，我跟日南是最先抵達的。與其這麼說，其實就是受到了這樣的指示。

「嗚嗚，這代表終於要開始了嗎……」

「怎麼都到現在了還在哭訴這些？給我做好覺悟。」

「可是啊，是男女二對二一起買東西吧？而且除了我之外的人還全部都是威猛的現充。這種狀況叫人不要緊張才比較奇怪吧……」

「把本來預定的飯局擅自提高難度的人是誰？」

「唔……」

被這麼問之後就什麼話也答不出來了。日南像是炫耀自己的勝利般哼一聲笑了出來。

環顧周遭之後看見在等人的人們以年輕人為中心，年齡分布範圍很廣。總覺得每個人都跟我不一樣，表情充滿著朝氣。應該是大家平常都有在確實交朋友或女朋友之類的，像這樣在這邊等人一點都不會覺得緊張吧……還有埼玉縣真的也有很多既時髦又很像現充的人啊……

「總之，不能因為太緊張而從給你的課題上頭分心，那種情況一定要避免。」

日南像是看透了我的心境一般這麼說。

這次日南也已經給了我課題。處理課題的同時還要買東西。難度好高啊。

「哦——你們兩個動作好快啊！」

東想西想的時候水澤到了。

只有我看見日南的表情肌肉迅速地開始運作。

「啊咧——？孝弘遲到～？」

「不，時間還沒到啦！」

「咦——是那樣嗎？」

日南跟水澤對話的時候充滿嬉鬧的氣氛。雖然兩邊都互相講著沒什麼營養的內容，不過因為彼此敞開心胸所以帶點歡樂的感覺。他們散發著那樣的氣氛，看著看著心情就不由得好了起來。

仔細一看，水澤穿著底色是白色繡有品牌標誌的連帽外套以及顏色偏暗的牛仔褲，還有紅色的鞋子。棕髮的輪廓跟他的表情、高眺伸展的背脊，以及鞋子的紅色都滲出可以說是強大或者說是現充感之類的東西，啊，讓我覺得贏不了。

在他身邊快樂地談笑起來的日南衣服也很時髦，應該說我覺得這已經是日南她本身的氣場關係就是了，她今天也還是一樣渾身散發著藝人的氣息。

顏色比較濃而有點大件的綠色長褲（？）的褲緣差不多在腳踝的部分稍微彎折

了一點點，在那下方則穿著白色的涼鞋。上衣是蓬鬆的白色T恤（？）到底是不是我也不太知道，不過總之就是穿著蓬鬆的東西。我關於衣服的詞彙並不充足。

我是原封不動地穿著前陣子那個假人身上的一整套衣服。詞彙夠充足了。

「說起來就算遲到了也不想被葵說啦！妳之前也有遲到過吧！」

「咦——？有這回事嗎？忘記了！」

「我可是還記得的說。」

兩人就像這樣你一言我一語地笑鬧著。雖然是很平常的對話，不過對我而言則是吸收到了不得了的資訊。日南葵會遲到？那是怎樣的平行世界啊？

「抱、抱歉————!!」

我處於一個人讓思緒周旋、完全從對話中登出的狀態，這時泉也到了。看了一下時鐘，發覺離約好的時間大概過了兩分鐘。她跑得很急。

「等一下啦優鈴妳這樣會跌倒喔！危險～！」

日南愉快地邊笑邊說。

看了泉的腳下，那種東西應該是叫做高跟鞋吧？她穿著鞋底很高的黑色鞋子。從有點弄破的牛仔布質短褲裡伸展出來的長腿，迸發著年輕氣息與性感魅力。因為褲子非常短，肌肉感看起來恰到好處又有滑嫩質感的大腿，毫不吝惜地展現全貌。

她上衣穿的是到肩膀一帶都大幅度敞開的黑色衣服，而且仔細看的話會發覺有點透出底下的衣物。穿在裡面透出來的那件看起來是胸口敞開程度跟外衣差不多的白色衣服。她也有戴某種像是項鍊一樣的東西。

感覺意外地成熟嗎？是性感又成熟而且給人辣妹感覺的衣裝。明明性格像個小孩子一樣。

可是總覺得有點那個啊，該說像這樣子跑步過來的話就算遲到也可以原諒嗎？她的行為反而會給人一種少根筋的可愛印象啊。是散發著沒有惡意的感覺嗎……呃，咦？

這時我察覺到了。這樣子恐怕就……

「好，妳遲到啦——請大家吃哈根達斯！」

「咦咦……我、我知道啦！」

「哎呀很懂嘛很懂嘛！那就出發啦——」

水澤也用像在看著什麼可愛東西一樣的目光看著泉的舉動。飄散著一種類似該疼愛的、該守護的存在般，不可以放著不管！這樣子的氣氛。也、也就是說。日南會遲到的話，就是為了要讓氣氛變成這種感覺而刻意去做的啊——真的假的。可是一定是那樣的吧。她私底下的個性我已經看過很多次了所以我能夠確信。那傢伙根本不可能失誤遲到，如果是故意的話就是那麼一回事了。

「走吧——」

在我對於日南葵的可怕感到戰慄的同時，就要開始去買東西了。奇怪？說起來水澤跟泉來了之後，我還一句話都沒講吧？

首先要前往的目的地，是距離會合點大宮豆樹很近的 LUMINE（註2）。好像只是因為水澤說「友崎跟泉要買禮物嘛？那總之先去 LUMINE 之類的看看？」這樣的提案才要去的，我不知道選擇 LUMINE 之類的理由。我想大概是因為有賣很多東西才決定的吧。

從車站直接進去 LUMINE——這裡好像是叫做 LUMINE2 的樣子啦，不過詳細的情形我不知道——之後，很快就看見叫做 BEAMS 還是什麼的時髦服裝店，而演變成要進去那裡的狀況。為什麼要進去 BEAMS 那一類的事我不知道。我想大概是因為有賣很多東西才決定的吧。我什麼都不知道。

「唔——嗯……」

進去那個 BEAMS 之後，泉就開始細細觀察般地看起擺著包包、錢包或者其他小東西那類的地方。她的眼神真的非常認真，也非常清楚地從嘴裡發出「嗯——」這樣的聲音。

日南在那樣的泉附近一步一步走來走去，物色著商品，而發出了小小的聲音。

「啊，這個好可愛！」

「真的耶！好可愛……可是修二喜歡這種的嗎？」

泉一邊拿起大概是零錢包一類淡棕色的東西，一邊用看似不安的表情看著日南。

註2　車站大樓式的購物商場。

日南的頭歪向一邊。

「嗯——不知道呢？」

「嗯——阿弘——你覺得呢？」

泉好像平常就把水澤叫成阿弘的樣子。

「嗯～說不定沒什麼興趣吧。」

「我想也是～」

泉消沉地把那個東西放回櫃子裡。樣子看起來真的是打從心底失望。然後從那個模樣完全轉變，又開始挑選商品後，換成了認真再認真的表情。

該怎麼說呢，她認真考慮中村的感覺而做選擇的那種心情傳達了過來。眉毛皺得非常緊，可是又有點靠不住而露出像個傻瓜般的表情，但確實散發了堅定的集中力。這個生物是怎樣啊。

那麼，我該怎麼做呢？光只是這樣看也不會有什麼進步，而且最重要的是晚點會被日南生氣地教訓，所以也差不多該做些什麼了。我戰戰兢兢地靠近泉的附近。

這麼做之後泉就轉向我這邊，用很嚴肅的眼神看著我的眼睛。怎麼了。

然後她開口。

「我不知道……」

「什、什麼意思啊？」

擺著看起來很嚴肅的表情說出來的話竟然是這句，讓我覺得失望。

「你覺得哪種比較好……？」

「咦。唔，嗯——」

泉對我也會平等地詢問意見。沒有差別待遇真的很棒。我這個時候也沒辦法說什麼可以用來參考的意見則是唯一的難處。

可是我還是盡全力好好地思考看看。真要說起來，我完全不知道中村穿便服的感覺之類的，興趣嗜好還有性格那些也幾乎都不曉得。知道的頂多就是他現在喜歡AttaFami，而且有不服輸的一面。

所以，要是不先開始瞭解中村就什麼都沒辦法談，我的結論是這樣。嗯。沒辦法。只能像平常一樣把心裡想的事情原封不動地說出來了。

「呃——怎麼說？不知道買什麼才好的話，我覺得就算像這樣一直在店裡頭逛來逛去也還是不知道啊。所以該說要瞭解中村嗎，或者該說要去考慮他的感覺嗎，怎麼說呢？應、應該只能像那樣試著思考要買怎樣的東西後，再四處看看各式各樣的東西了吧，我是這麼想的啦……」

我由於沒有自信所以聲音慢慢地愈來愈小，不過泉還是點了點頭，帶著直率的目光聽著我的話，聽完的時候說了「的確如此！」而給了我充滿力道的同意意見。

欸，這孩子不會被人騙去買什麼茶壺之類的吧？沒問題嗎？

「謝謝！我會去多問一些事情看看！」

說完後泉開始到處看來看去。應該是在找日南或水澤吧。不過所謂的現充都有著莫名結實的身軀啊。

連搜尋四周的動作都有一種神祕的穩定感。泉發出「啊」一聲，看來是找到了遠處的兩人。

然而，不知道為什麼她說了「欸」而拍了我兩下。

我回應她之後，她便伸展身子把臉靠近我的耳朵。

咦，怎麼了怎麼了。臉靠得很近的說。

妳是第幾次了啊做出這種行為。

「你看看，那邊。」

我往這麼說著的泉所指的方向看去，看見的是互相幫對方試戴帽子，同時要好地談笑著的水澤跟日南的身影……呃，那怎麼了？

「妳的意思是，他們看起來關係不錯嗎？」

泉不知道為什麼露出一張好像頗開心、有所企圖的表情看著我。

「那個啊……其實，啊，這是祕密喔？」

「喔，喔喔。」

她的嘴巴往低下身子的我的耳朵靠近。然後傳來細語聲。

「有傳言，那兩個人，正在交往喔。」

「啊!?」

不禁叫了出來。泉一邊小聲地說「笨蛋！」一邊看著我。

只用ＡＩＵＥＯ（註3）附和的練習成果順利發揮出來，我成功做出了十分誇大的反應。太好了。因為這樣，所以店員還有日南跟水澤他們都看向我這邊。太讓人害羞了。

泉左右揮手表現出「什麼事都沒有」的樣子，不過他們兩人擺出了懷疑的表情後，便帶著淺笑靠近。

「呃——這個話題晚點再繼續說！」

「喔，好……」

我小聲地這麼回應後，泉就說著「真的什麼事都沒有～！」而往那兩人走去。然後說到我的情形——我只是一直站著不動，剛才那段話不知道為什麼在我的腦袋裡頭不停重複。

『有傳言，那兩個人，正在交往喔。』

不、不過也是啦。是仔細想想就能瞭解的事。完美女主角日南葵。該說沒有男朋友還比較不自然嗎？畢竟如果連一個男朋友都沒有還那麼跩地說著『目標是交到女朋友喔』這種話反而奇怪，所以這是理所當然的情形。

可是為什麼呢。總覺得這個，是很氣人嗎……我想大概是『傳言』的部分讓我心裡頭不是滋味吧。既然泉跟日南關係很好，直接問當事人不就好了嗎？那麼為什

註3　日文五十音前五個音「あいうえお」。

麼不那麼做呢？是在那種層面上讓我覺得不是滋味。

哎，也不是跟我有直接關聯的事情所以怎樣都沒差，可是還是有點不對嗎……這種事，是不弄清楚就會令人不太舒服的事情啊。想一想，有人對你說『其實有個祕密……不，果然還是什麼都沒有！』這種話的話，會很在意而且很不爽吧？和那種情況是一樣的，不是因為跟日南有關所以才會那麼覺得，而是那種層面上的不爽。

「友崎同學——！要走囉？」

「喔，喔喔!!」

日南對我搭話。我又不由得做出了誇張的回應。

然後日南就稍微縮短距離，用只有我聽得見的音量問道。

「欸，你樣子很奇怪的說。剛才跟優鈴聊了什麼嗎？」

她用細語聲拋過來的疑問讓我背肌發寒的同時。

「沒、沒沒沒、沒什麼、特特別的。」

我的內心現在超級無敵動搖的。

「……這樣嗎，是真的就好了。」

我結巴到讓人覺得像是ＤＪ在搓碟的程度，就算是日南也露出了驚訝的模樣。

「喔，喔。」

「比起那種事，給你的課題，感覺你沒有打算要做？」

「啊，說得也是，嗯。我會做喔，會好好做，嗯。嗯。」

「是嗎……那先這樣。」

不知道是判斷再講下去也沒有意義，還是覺得再講下去就不自然了，日南只說了這句話就往水澤身邊走過去。然後又談笑起來。兩個人都露出了看起來很開心的笑容。

呃不對不對。我不是為了觀察別人的戀愛情事才到這裡來的。要好好達成她丟給我的課題才行。我是為了累積經驗值才會在這裡的。

為了讓心情專注起來，我再一次重新確認自己要做的事情，而回想起昨天的會議。

＊　＊　＊

「這次的課題，是『讓自己的提案通過兩次以上』喔。」

「……呃——也就是說？」

日南把課題丟給我，而我回問詳細的情形。

「就是字面上的意思。你想想，所謂的集體行動，總是會需要做出要去哪裡、要吃什麼，還有什麼時候回家之類的，那種『影響到所有人的選擇』吧？」

「是沒錯啦。」

如果不是每個人都分開到不同地方吃飯的情況就會是那樣了。

「這代表的，就是『所有人都會隨著其中一個人提出來的提案行動』，這種情形會必然地成為必要的狀態。就算是其他人本來就想要去看看的地方，也是會有一個人提出來吧？」

「是啊。」

的確一定會有一個人最先開口啊。

「所謂的『讓自己的提案通過』指的就是那麼一回事。自己主動當『最先開口的人』，對大家做出要去哪裡、要吃什麼東西之類的提案，並且讓剩下的三個人接受。這種事情要做個兩次以上，而這次的課題就是這樣。」

原來是這麼一回事啊。我知道要做的事情了。

「原來如此……可是有一個問題。」

我像個學生般舉手發問。

「好，友崎同學請說。」

日南便如很有魅力的女教師般指著我。雖然是我起的頭啦，不過總覺得她莫名地適合教師的舉止所以讓我差點害羞起來。

「呃——那麼做的理由還有效果是什麼呢？」

「問得很好呢，友崎同學。那個，大致上來說有兩點。」

日南在臉旁豎起兩根手指。她維持著像個大人的說話方式。莫名地帶有性感魅力的音色把我的耳朵吸引過去。

「兩、兩點？」

「其中一點是，在群體中掌握主導權的練習。」

「掌握主導權的練習？」

實在是沒有什麼頭緒。

「我從結論開始說囉。『讓自己的提案通過』這種事，也就是暫時地在那個群體中『操縱氣氛』的行為。」

「呃，呃——？」

我被她講到說不出話來的同時思考著。

讓自己的提案通過＝操縱氣氛？

「之前有說過『氣氛』的話題了吧？有提過所謂的『氣氛』，也就是在一個群體中成立的善惡基準。」

「對，有講過。」

我也從紺野繪里香那件事實際感受到了。

氣氛＝在群體中成立的善惡基準，這回事。

「那麼，該知道了吧？剛才所說的結論的意義。」

結論的意義……？

我藉由剛才她對我說的兩個線索，努力地試著思考。

也就是說……是這樣嗎？

「因為『讓自己的提案通過』，就代表要操作那個群體的『氣氛』，讓自己所提案的行動成為『善』的方向——所以就會變成『操縱氣氛』的情形？」

日南露出了別有含義的笑容。

「鬼正。」

「講出來啦。」

「也就是，」日南一邊這麼說一邊用指尖觸碰我的胸口。「所謂讓自己的提案通過，就是為了成為『操縱群體氣氛的人』的練習。」

她突然碰觸出乎我意料的地方而讓我內心慌張起來的時候，我還是裝作平靜。

「呃，呃——為了成為『操縱群體氣氛的人』？」

「對。就是為了那個目標才要讓自己的提案通過。」日南的手指離開我的胸口。

「那你知道，為什麼要以成為『操縱群體氣氛的人』為目標嗎？」

我一邊讓自己不要去在意胸口觸感的餘韻，一邊接著日南的話回答。

「……因為那跟現充有所關聯嗎？」

「鬼正。」

「今天的步調真快啊。」

「『操縱群體氣氛的人』，基本上就是現充了吧？」

日南無視我的話語把話題推展下去。不過這樣也沒差啦。

我讓腦海裡浮現幾個『操縱群體氣氛的人』……的確就像這傢伙說的一樣啊。

「確實……該說是負責統籌的人或者帶頭的嗎，在當下處於頭目地位的人很多啊。還不只那樣，感覺就連在現充之中都是頂尖的呢。」

「是啊。像是中村或者紺野繪里香，還有我這種的。」

「那真的是挺厲害的呢。」

我也習慣這傢伙的自吹自擂了，已經到了讓人覺得她想說的時候就會說的等級。

「所以，這就代表為了成為頭目地位的現充，『讓自己的提案通過』的課題是最適合的囉。」

「原來如此。」然後這時，我突然冷靜了下來。「……呃——要我，變成頭目的地位？」

沒辦法沒辦法，這樣的話語十分自然地脫口而出。

接下來讓我意外地，日南的頭左右搖動。

「我不會要你馬上就成為現充群體的頭目。這些話，意思是你應該漸漸地，讓身上累積那一種人的資質。」

「漸漸地……」

那、那樣的話也不是辦不到的事情……是這樣嗎？

「對。藉由『讓自己的提案通過』的行為來習慣『操作氣氛』。然後再以那個為基礎，漸漸地發展成有辦法操作難度有點高的氣氛就可以了。」

「呃——是那樣的嗎？」說起來，「這就是說，也有操作難度更高的氣氛的情形？」

「這是當然的吧？雖然以現在的你來說還早得很——不過像是完全操作更大群體的氣氛，或者就算當下沒有操作卻也能在更長的期間之中達到操作氣氛的效果，能做到的事情有很多喔。」

對於更大群體的氣氛操作，還有在更長的期間中操作氣氛？

我讓我的思路運轉，不過真的沒什麼頭緒。

「……比如說？」

「以我們學校的情況來講，就是『吃不開的女生不能打領帶』的那種氣氛囉。那也不需要誰當場針對什麼目標，而是龐大的群體裡的所有人，經過很長的期間而一直接受著那樣的氣氛吧。」

「喔，喔喔。是指這種情形啊。」

我心裡想說她一邊清楚明確地說著那種事一邊打領帶是怎樣，同時也同意了她說的話。的確會有那種情形在啊。在龐大的群體中共享著的，做為前提的氣氛。

「對龐大的群體反覆不停地操作每一個瞬間的氣氛，把那種基準在那個群體之中打好根基。這樣的話，就會變成連操作都沒有必要的牢固氣氛。而那種氣氛就會迅速地變為『前提』。範圍很廣，期間也很長。那樣子就是操作難度較高的氣氛了。要是熟練的話，就可以做得到那種程度的事情囉。」

日南浮現別有含義，而且帶有演技的笑容這麼說。

「……原、原來如此。」

我對她那別有深意的表情跟話語感到畏怯的同時，思考著。重複操作著氣氛，從前提變化群體中的善惡基準，並且變成連操作都不需要，做為前提的牢固氣氛。那種情況，從某種層面來說就是洗腦嘛。

「附帶一提，不只是學校，也有人操作著企業、自治團體，或者國家單位的群體喔。」

「那、那是……」

像是小群體一起買東西之類的，只讓群體依照自己的想法行動一次的情形是最簡單的『氣氛的操作』。

把那種方式應用在更大的群體上，連做為前提的氣氛都加以操作的行為是比較難的『氣氛的操作』。

這就代表規模愈大，範圍跟強度還有持續性也會愈來愈提升。

「這種事情……要是一直走到最極限，感覺就像是新興宗教一樣了啊。」

我這麼說之後，日南露出別有含義的笑容。

「新興宗教？你在說什麼啊？」

「咦？」

「**宗教也一樣喔**。友崎同學。」

「喔、喔喔……」

聽見了有點危險的發言。

「不過，就是那種感覺。並不限於宗教，比較大或者比較小的，所有的群體之中都一定存在著這種『氣氛的操作』。完全沒有那種東西的群體根本就不存在。就算是班級或者家人，或現在只有我們兩人的場合也是一樣。畢竟人就是沒有所謂善惡行動基準的話就沒辦法行動的生物呢。」

「原、原來如此。」

在我對於那種神祕的悟道台詞甚至感到畏懼時，也覺得就是那麼一回事而接受了。

「這樣你就瞭解了吧？只要去做最小單位的氣氛操縱練習，接下來就會知道怎麼操作範圍稍微大一點的氣氛，後來又會更進一步地發覺操作範圍更大的氣氛的做法。像那樣一直進步下去，就有辦法更加接近操縱某個群體氣氛的存在——也就是群體中的頭目地位，說得更進一步，就是真正的現充囉。」

「啊啊，是那麼一回事啊。」

「雖然突然要你成為群體中的頭目你應該也不知道該怎麼做才好，不過『讓要去哪裡、要吃什麼東西之類的提案通過』這種事，你多少可以想像該怎麼做吧？」

「確實是那樣沒錯。」

「然後就是要把那麼做之後學到的方法，不斷地重複而去改變前提，還有套用在更大的群體中，藉此開拓通往現充的道路。懂了嗎？」

好像很難但是是很單純的方式。

「喔。鬼正。」

「用法不對。」

日南露出非常不高興的表情。看來我的鬼正之路還很險峻。

「呃……第二點呢？」

「嗯，關於鬼正的部分就當成你得複習——第二點，是『責任』的問題。」

「責任？」

又有非常高檔的單詞登場了。

「這個十分地單純。你想想，你一直孤零零的吧？」

「突然這麼直接地說出來啊？」

出其不意的正拳突刺。

「不過這是很重要的事。也就是說單獨行動的時候，該說沒有必要讓其他人擔起責任嗎，由於自己的行動所產生的結果，基本上都只會落在自己身上而已吧？」

「嗯？對，是這樣沒錯。」

畢竟是獨自一人，這是理所當然的。

「就算沒有好好查清楚就到店裡頭去，餐點不好吃而不高興的也只有自己；隨隨便便地去店裡買東西，找不到想要的東西而浪費掉的也只有自己的時間。不會對任何人造成困擾。」

「的確就是那樣沒錯啊。」

那也是孤零零的好處。缺點與優點是一體兩面的。

「可是，成為現充而屬於一個群體，而且還要決定意見的時候，就不能那樣子了。」

「……嗯？意思是？」

「如果對大家提案『在這裡吃飯吧』，而那間店不好吃的話，責任就會落到自己身上。要是對大家提案『在這裡買東西吧』，而那間店的商品不夠齊全，責任就會落在自己身上。」

「啊啊……」

確實說不定會那樣。

「當然，最後還是所有人一起決定要採用那個提案，照這樣來講的話，應該是所有人要平均分擔責任才對，不過就算那樣，還是會自然而然地演變成一開始提案者的方向性不好的『氣氛』，沒錯吧？」

「嗯，可以想像得到。」

「那就對囉。你一直孤零零的吧？」

「這麼直接地說了兩次啊？」

「我指的就是要親身體驗孤零零的時候並沒有發生的『由於決定意見而纏在身上的責任』。還有要你去習慣那種情況。更進一步來說，就是要你變得能夠自由操縱那種東西。以那種領域為目標的第一步，就是這個課題的另一層意義囉。」

「……原來如此。我理解了。」

我接受她所說的話點頭。

「換句話說，就是要從你一直依存著的，名為孤零零的溫水之中，不對，是從已經腐敗到底的泥沼之中，把你這個非現充的化身硬拉出來呢。」

「那種嚴厲到沒意義的補充是必要的嗎？」

日南她還是老樣子，不會光是用單純的說明來做收尾。

＊＊＊

嗯。如此這般，我必須要讓自己的提案通過兩次以上才可以。所以現在並不是觀察日南跟水澤的樣子而做出不必要推測的場合。

離開 BEAMS 一邊想著接下來的目的地一邊行走的途中，往前一看，從右邊開始照順序並列著水澤、日南、泉。泉微微地往後退開了一點點。水澤跟日南還是一樣有說有笑，泉則是偶爾會加入他們的話題——同時也會三不五時在意著我這邊的樣子。

咦？等一下喔這該不會——她是在，擔心我嗎？

啊，糟了糟了。沉浸在獨自思索是不錯啦，可是這樣子讓人擔心或者給人添麻煩不就有點不好了嗎？至今我都不會造成任何人的困擾，所以就算不跟其他人打交道也沒問題，現在變成這樣的話就有點那個，該說是感受到責任了嗎……日南同學所說的『責任』指的就是這種事嗎⁉這的確是孤零零就沒有辦法體會的感覺……！

也就因為這樣，必須要努力讓對方不要操心才行。我往前走而並列在泉的身旁。

「……哎呀——還真的挺難決定的呢。」

「就是說啊！友崎想好了嗎？」

我努力擺出平常心的表情搭話之後，泉就充滿精神地回應我。說起來也沒錯，畢竟我也變成要買禮物了啊。包括課題跟禮物，要做的事可是一大堆。

「不，我還沒……泉呢？」

「嗯——剛才我有問了阿弘看看……啊，我是說水澤！」

「啊，嗯。」

看來她是擔心我不清楚阿弘＝水澤的樣子。我知道就是了。她還真敏銳。

「說是最近在意痘痘問題所以送那一類的藥就好。送那種東西的話一定會讓他生氣的啦～！」

「哈哈哈哈。」我笑的意義主要是在於那傢伙原來一直在意青春痘。「可是那種東西說不定真的可以喔？算是他本來就很想要的東西嗎？」

「嗯，好像是那樣啦……可是我也不確定。你知不知……應該不知道吧。」

「喂，別在問之前就先放棄啊。」

因為從日南那邊領教太多次，所以我已經增加了對於這種說別人沒朋友的損人話語的吐槽技能。

「啊哈哈！可是就是不知道吧？」

「唔～嗯……」

思考的時候三不五時看看日南跟水澤的模樣。還是一樣很開心的樣子。

「我所知道的情報……喜歡 AttaFami，還有看起來很強，是個帥哥，髮型像個現充……」

「嗯？那個……」泉這樣子接下我說的話。

「咦，怎麼了？髮型像現充……啊！」

這時我靈機一閃。現充跟髮型，說到這個的話。對啊還有那個東西啊。

然後泉跟我互相面對面，同時開口。

「髮蠟！」

「那種可以夾住瀏海的東西！」

「——咦？」

泉又一次看向我這邊回問。我不知所措地回她「沒……沒啦」。

「剛才，友崎你說什麼？」

雖然不知為何，但我知道這是我老實說話之後讓她覺得很奇怪的情況。別、別看我啊。

「我什麼都沒說……」

「剛才你說了可以夾住瀏海的東西吧？」

原來都聽見了啊。泉不知道為什麼很開心地笑著。

「沒啦，我是想，現充不是都有一種用髮夾之類的東西把瀏海夾住的印象……」

「修二他，頭髮很短喔。」

「的確。」

我被漂亮地駁倒了。

不過該怎麼說，剛才那種同時說話的情形，說不定代表我多少比較擅長對話了吧。

「……啊哈哈哈！可是髮蠟還不錯吧？」

「我、我覺得還不賴！」

要說好還是不好的話我覺得是正面的。如果是說知不知道好不好的話，我就會說不知道了。

「欸欸阿弘！髮蠟之類的怎樣啊？」

「哦哦！那不錯啊！那傢伙也收集滿多種的！」

「啊……這樣的話會不會跟他手邊有的衝到啊？」

「不會吧，我想我大概知道那傢伙沒有的種類。」

「咦，真的⁉真不愧是阿弘！」

「還好啦。教那傢伙用髮蠟的就是我啊。」

「這樣啊⁉啊，對喔你目標是當美容師！」

「就是這樣。大概啦，有一種稍微有點貴的系列，他手邊應該沒有才對。畢竟那傢伙是會買各種便宜東西來試的那種人。」

「咦──！意外地小氣！明明態度很囂張！」

「不對喔優鈴。髮蠟不是只要貴就好的東西啊，跟自己合不合才是最重要的喔。就跟女朋友一樣啊。」

「好煩喔！果然輕浮的男人說出來的話就是不一樣～」

「不，我意外地一點都不輕浮喔！」

「意外地啊⁉」

「畢竟我的髮型之類的很輕浮嘛。」

「你自己知道喔⁉」

「算是啦。我去美容院的時候，被問要弄怎樣的髮型的話，都會說麻煩弄得輕浮一點～的說。」

「啊哈哈！一定是騙人的！」

「真的啦真的啦！」

然後兩人很開心地笑了出來。看著這樣子的你來我往，我這麼想。

講什麼『說不定代表我多少比較擅長對話了』啊。果然是泉擅長對話所以我才有辦法弄得有模有樣而已，我果然還只是隻雛鳥而已啊。

＊　＊　＊

接著來到的是大宮站西口的東急HANDS，根據水澤的說法是「在大宮買髮蠟的話就要到這邊」的樣子。說起來仔細想想的話，一開始到BEAMS也是，現在像這樣來到東急HANDS的發展也是一樣，水澤已經把『讓自己的提案通過』這種事做了兩次。自然而然。這果然就是現役現充的實力嗎？

四人搭上電梯，前往四樓的男性整髮用品賣場。各式各樣的髮蠟放在顏色莫名時髦的箱子裡頭，連綿不絕地排列著。

「不知道哪個比較好呢？」

日南對泉這麼說。

「哪個才好？阿弘——？」

「嗯——我想那傢伙應該沒有這一帶的這個系列。」

水澤這麼說，指著裝在類似管子一樣的東西裡頭的一系列髮蠟。

「這個數字是什麼？硬度？」

「說得沒錯。2比較柔軟，10比較硬。」

「哪種比較好？」

「要說哪種比較好，得看髮質跟髮長呢。比如說……」

水澤這麼說道而拿起上面標示著樣品字樣的『8』的髮蠟。

「來一下，友崎。」

「咦？」

水澤對我招手。我就這樣被他叫了過去。

「喔喔！孝弘的造型秀！」

日南一邊笑一邊扇風點火。咦？造型秀？

「嗯，我只是舉個例啦。友崎這樣的例子，雖然是有點長，不過髮質偏軟，所以要用這種第二硬的8號髮蠟。不過其實全部都試一試也沒關係啦。要是在美容院試一試，然後就用試出來的那種應該就不會有錯。幫友崎剪頭髮的人應該也滿厲害的。」

「呃、呃呃……？」

「總之你就聽一聽。如果頭髮差不多這樣長度的話，用的量差不多就接近小拇指的指甲吧。這樣弄在手上就可以了。啊，順道一提，其實是要先在溼髮的狀態下用吹風機吹，就算說從吹乾的方式就已經決定了一半以上的成果也不為過喔。所以現在這樣頂多只是應急處置之類的。」

「欸～！」

我想日南早就知道這樣的知識了，不過她還是發出裝成很佩服的聲音。

「這東西啊，要用『平均散布』的方式，抹在除了瀏海以外全部的髮絲上。這個，雖然很容易搞錯啦，可是好像也有人只抹在想要定型的頭頂部分，或者只抹在邊邊部分之類的，但是那樣不對。得要抹到讓它散布在全部的頭髮上。不過瀏海抹太多的話，看起來會油油的，所以要注意一下喔。」

「喔，哦。」

我驚呆的同時，只是一直聽著水澤所說的話的內容。

「這種長度的話，抓成像是燙過頭髮的樣子會不會很時髦呢？頭髮全部都抹好之後，再用力握緊弄出髮束。」

「哦哦～！」

我感受到自己的髮絲順著不錯的節奏被接二連三地握緊。

泉像是很開心一樣地發出聲音。到底發生了什麼事呢。

「呃——現在，是怎樣的狀態？」

「你就等一等吧。接下來，這裡是第二個要點了。這個，是不是該說成自己整理的時候容易忘記的點我是不瞭解啦，可是抓頭髮最重要的其實是『後腦勺』的部分。自己照鏡子沒辦法看到就是了。」

「咦！是這樣啊！」日南一邊這麼說一邊微微地點頭。她的反應也可以看成是這個知識符合她自己理解的訊號。

「這會影響到後腦勺從側面和從後面看的時候啊。尤其別人常說男人的臉就是側臉重要，所以做造型時，重要的是要讓臉形從側面看的時候形狀不錯。具體來說的話……」

水澤用手掌在半空中描繪出半圓。

「就是要讓後腦勺有點鼓鼓的啦！」

「鼓鼓的？」

我愈來愈被水澤所說的話吸引住了。果然水澤很擅長講話。

「總之，看一看外國人或者漫畫角色的側臉就能瞭解了，側臉的後腦勺如果鼓鼓的話，頭型看起來就會很漂亮喔。可以用圖像搜尋看看，搜尋外國人或者角色之類的。日本人那邊平坦的人很多，所以做頭髮造型就要著重在那裡。」

「原、原來如此。」

「總覺得阿弘，好像推銷郵購的人喔。」

泉開心地揶揄了一下。

「吵死了！所以要把這裡給提起來……接下來雖然還想用噴霧定型一下，不過都在室內，應該暫時沒什麼問題吧。好了，完成。」

「哦哦～好厲害！友崎，意外地跟你很搭耶！」

泉一邊用亮晶晶的目光看我，一邊這麼說。

「意、意外是多餘的啦！」

我果然只有辦法對損人的話吐槽。詞窮的情形就別在意了。

日南看著我這邊的同時笑嘻嘻的。

「欸！原來孝弘也有特技啊？」

「好了，葵話太多囉～」

這兩個人看起來果然關係很好。

不過這就代表，我剛才被目標當美容師的人做了造型……

「呃——我的頭現在變成什麼樣子了啊？」

「晚點去廁所之類的地方就看得見囉！」

水澤一邊微笑一邊這麼說。

「可是感覺真的不錯喔，我覺得上學的時候，你也自己抓一下的話比較好！」

泉專注地盯著我的頭髮，用還滿認真的語調這麼說。

「咦，喔，喔。」

我對於出乎意料的誇獎不由得害羞起來。我沒辦法應對損人之外的情形。

「呃、呃……啊，那禮物的話……」

我不由得害羞之後轉換了話題。總之重點是泉要買的東西！

「啊，對喔！修二用哪種比較好啊？」

「我想想啊～嗯，那傢伙的頭髮很短，大概要用這個吧。」

他這麼說而把『10』拿在手上，然後遞給泉。

「那就買這個！我去結個帳！等我一下喔！」

泉這麼說完便快馬加鞭地前往收銀台。看起來像是要盡量減少讓別人等待自己的時間，她的行動中散發著這種感覺。如果是紺野繪里香之類的人，應該會非常大搖大擺地走過去。

「不過你的頭髮抓起來很容易耶。是剛剪過的？」

「呃——大概，兩個禮拜前吧？」

「欸——！在哪裡剪的？」

「我記得，那間店的名字是——」

這時，日南的鞋子咚一聲輕輕碰了一下我的鞋子。我就直接把店名給說出來，然後在那一瞬間，察覺到「奇怪？剛才那個是『別說』的信號嗎？」

「對對對！是我告訴他的喔～」

緊接在我說出來之後，還有水澤表現出任何反應之前，日南自然地插話進來。

「啊，也對啦，我剛才也在想，那跟葵去的地方一樣嘛。是妳介紹給他的啊？」

「對對對！之前聊到說他在找不錯的美容院，所以就告訴他了！藉由介紹來賺取店家積分！」

「真勢利的人！」

然後兩個人都啊哈哈笑出來。我也在稍微晚了一點的時機笑了。

呃──是那樣吧。剛才我失算了。

我跟日南去同一間美容院並不自然。就算要主張是偶然也有點牽強。

這樣的話，要是沒先說日南有介紹，而直接講出美容院的名字就很怪異。

所以她要在我說出美容院的名字的瞬間，在我被懷疑之前自己先說出來，是這麼一回事吧。

畢竟水澤做出「奇怪？不就跟葵去的是同一間？」這樣的反應之後再說就太遲了，不先說的話就不行。是這麼一回事嗎？而且水澤又有神祕的推理技能，要特別注意啊。

我反省的同時，也再次體會到在一瞬間做出那種判斷的日南果然很可怕。

「買好囉～！」

滿臉歡喜的泉回來了。

「那就走吧！」

不知道是不是為了不讓人再追問下去，日南帶頭，四個人一起出發。因為附近有電扶梯所以回程就用它下樓了。

然後，就在這時。

在電扶梯的側面，能夠照出全身的鏡子，沿著電扶梯接續下去。

我沒有意識到那東西的存在而搭上電扶梯，所以是完全無心地讓鏡子跑進視野裡，而鏡面上就映著自己全身的樣子。

我覺得我是對自己非常嚴厲的那種人。所以我才會把 AttaFami 練強，尤其關於自己的容貌，我一直都為了不要搞錯丟臉，而以嚴格又客觀的指標做出判定。至少我有這樣的自信啦。

所以，我想大概是搞錯了吧。

鏡子映照出來的我全身的樣子。

那個樣子，我當然不會說有到現充的地步。可是。

跟吃得開的男男女女並列行走，屁股的肌肉使力而端正姿勢，抬頭挺胸嘴角上揚，穿著之前買的假人身上一整套很時髦的衣服，眼睛上面有著整齊的眉毛，而且頭上頂著讓目標當美容師的同班同學做了造型頭髮的男生模樣。

至少在我的眼裡，那看起來並不是噁心阿宅。

＊　＊　＊

四個人藉由電扶梯下到了一樓。日南她們講著「哎呀——買到好東西了呢——」「接下來要去哪啊——」「啊，友崎要買什麼呢？」之類的話。我不禁「啊，嗯。」這樣子隨便回應。我的注意力被別的東西吸引著。

剛才我內心的情緒高漲，還是讓我無法忘懷。

或許是察覺到我這種樣子很奇怪吧，日南用嬉鬧的口氣提案「不過也很難決定吧——總之先去星巴克之類的地方休息一下怎樣？我累了！」然後泉就「這個好！我想吃抹茶星冰樂！」這麼回應。我實在，沒什麼聽進耳裡。

看起來，並不是噁心阿宅。

那個姿態，我有一瞬間沒辦法理解那是自己。心裡想著有個好好整理過儀容的普通學生在耶，現充去爆炸吧！之後，才發覺那就是自己。

這種事情，該說我也覺得自己像個傻瓜一樣嗎？我也十分理解這並不是誇張到那種地步的事情。畢竟，姿勢跟表情都是依照日南教我的一直維持，所以當然不會很差，眉毛跟髮型也是那個領域的專家還有目標當專家的人幫我弄的，成果當然也是會很好看。就連衣服，也是從時髦的店裡頭的時髦假人身上，原封不動地套用過來穿在身上而已。

所以那種組合所搭配出來的模樣，無論素材有多差勁，要是變成糟到不行的樣子的話，才是不自然的情形。這點我瞭解。

可是，我很開心。

妹妹那裡產生了甚至會說出『是不是讀了脫離阿宅的書啊？』這種話的認知，水澤說我的說話方式變得比較開朗了。

那樣的事情之前也有發生過。

一有那種情形，我也會覺得自己產生了變化而開心起來。然而。

能夠清楚明白地認知的變化。達成感。

那種些微的實際感受，到了連我自己也覺得意外的程度，打動了我的心胸。

「友崎同學，怎麼了？」

「日南……」

日南站到我的身邊，向我搭話。

現在的狀況也沒辦法把這份想法傳達給她，我只說了「沒事」而搖搖頭。

日南看起來沒有接受，不過馬上就重新裝回原本的表情。

「走囉──？」

然後，用平常那種刻意裝出來的語調叫我。

「抱歉，我馬上過去！」

我盡可能做出外向的開朗語調，同時回應日南並踏出步伐。

然後，又跟日南並列。

「我啊，接下來還會繼續加油喔。」

「咦？」

我用只有走在身邊的日南聽得見的聲音，那樣細語。

日南似乎沒辦法好好理解那番話的意思，不過我覺得，那樣也沒關係。

＊＊＊

「呃──焦糖瑪奇朵的，第、第二個的，中杯（？）這樣。」

「跟您確認，請問是中杯的焦糖瑪奇朵嗎？」

「是，是的！」

雖然我有在心裡想過，星巴克它真正可怕又有名的地方在於『容易搞錯點飲料的方式』，所以要對此保持警戒，但這必須依靠瞬間的判斷迴避，所以最後我還是因為些微的舉止而不禁演變成『啊，這個人是新手呢』的情形露餡。

我的計畫是，雖然對我來說『中杯』（註4）這種話是第一次講，不過也不需要在意，而是要用『我本來就知道～』這樣的感覺去說。但這麼做之後還被看穿是新手，就代表『明明是新手還打算裝出本來就知道的感覺』這種行為被店員發覺，也就是說我到底在說什麼啊？在意過頭了吧。

不過我的確是有一種會不禁在意那種事情或走錯地方了的感覺。顧客雖然沒有發出我想像中那種程度的自我感覺良好氣場，不過問題並不在那裡。看起來像是打

註4　星巴克的杯子尺寸原文與一般飲料店的用語不同，雖然中文一樣是用小／中／大／特大杯來稱呼，但在日本是用歐美地區的方式敘述尺寸。此處的「中杯」原文是「トール（Tall）」。

工族的店員們擺出來的『我們正在閃耀！』的那種表情，竟然也散發了讓我覺得簡直在拒絕我這種根基陰暗的人的「陽」的氣氛。要是沒有剛才的達成感的話，我大概已經蒸發了吧。

我在收銀台往前的地方拿取商品，先過去水澤占好的位子。泉跟日南在我的後面。兩個人都超級認真地看著菜單。原來日南不是要點平常點的那種，泉也不是要點抹茶什麼鬼的就對了。

「辛苦啦～」

「喔，喔喔。」

水澤他坐在那裡。那是沙發跟普通的椅子面對面，剛好四人座的桌位。水澤坐在普通的椅子那一側，啜飲著上面蓋著鮮奶油的棕色液體。

然後，這裡有個難題。

就是我該坐在哪裡。

也沒辦法迷惘太久。要是一直站在這裡拖拖拉拉的話，水澤一定就會問我『怎麼了？』，而且之後日南一定會對我生氣。

所以我沒有停下腳步，思考猶豫的時間只有眼睛看到桌子到坐下去之間的幾秒，要依靠那種直覺。只能以瞬間的野性判斷來選擇座位。

我為了要離眼前那個現充的氣場遠一點，而選擇坐到水澤斜對面的，沙發的位子。對角線，最長的距離。

「哎呀──好累啊。」

雖然沒有多累但還是說說看。因為現充給人的印象就是莫名地常常會說這種感覺的話。先從表面做起。

「哈哈哈，可是還沒走到那種程度啊。」

「嗯，說得也是啦。」

我說的話輕快地遭到吐槽。原來光是說一句『好累啊』，對我來說就已經是高難度的行為了啊。對於這樣的自己感到佩服的同時，我也開始冷靜地思考。

這樣子不就是那個嗎？不是有泉坐到我旁邊的可能性嗎？

雖然平常在學校都是坐在旁邊，在沙發上坐到旁邊的話意義可就不一樣了。距離感上也很那個，而且今天的服裝又莫名地這樣那樣。特別是胸口之類的地方非常地那個，如果變成那樣的話就不妙了。

「你已經決定好要買什麼了？禮物。」

「啊啊，應該……算是吧。」

「哦，這樣啊？」

其實要買的東西剛才決定好了。可是比起那個，我更在意的是接下來來到這個桌位的人會是哪一個。我把視線朝向收銀台那邊。然後就看見有人走過來了。是日南。來這邊啊！泉坐在我旁邊的話對我來說還有點太早了！

「要買什麼？」

「嗯——這個嘛……」

我打算回答的時候，日南就到了桌邊，一點迷惘的舉止也沒有，就坐在水澤的旁邊。嗯，反正我也覺得會是這樣。是要賦予我試鍊的態度呢。會坐在我旁邊的確定是泉了。好緊張。

「啊！孝弘那個看起來好好喝！」

日南眼睛朝著水澤正在喝的東西而這麼說。

「嗯？不會給妳就是了。」

「又沒有要你分給我！」

又是看起來很要好的樣子，好像肩膀之類的地方有碰到的說。總覺得，這樣子也可以看成是因為跟水澤關係很好所以她才會坐在那邊。不對，不會有那種事吧？雖然不管怎樣都沒差啦。

「說起來葵點的又是什麼？看來超讚的。」

水澤看來興致勃勃。日南放在桌上的容器上頭，有黑色粉末跟似乎是巧克力製成的醬料加在鮮奶油上，裡頭則裝有混合了像是餅乾之類東西的白色義式冰淇淋形狀的液體。

日南擺出得意的表情，把那個東西拿到臉的高度。

「提拉米蘇星冰樂！」

「提拉米蘇？菜單上有那種東西嗎？」

「哼哼哼。六月開始不是有限定的『烤起司蛋糕星冰樂』嗎？點那個再加點一份濃縮咖啡，還有巧克力醬，最後再自己灑上可可粉就完成囉！這就是祕藏餐點！」

「什麼東西……看起來有夠讚的……」

「對吧？」

「可是熱量呢？」

「在星巴克在意熱量的話就輸了啦……又、又得跑步才行了。」

「哈哈哈！只需要靠跑步平衡就很厲害了啦。」

日南的角色變化已經到了我想說「這人是誰啊？」的程度，我只把眼神別開差點笑了出來。因為日南點了烤起司蛋糕星冰樂。這傢伙又點了起司類的……要是我露出賊笑的話腳又會被她踢，所以要忍下來才行。

「說起來妳又點起司了喔！」

「吵死了孝弘你管太多啦！」

「咦？」

我不由得發出聲音。

「嗯？友崎怎麼了？」

「啊，沒事，什麼都……沒有。」

我自然而然地敷衍水澤的問題，讓意識集中到焦糖瑪奇朵的甜味上恢復平靜。

焦糖瑪奇朵真好喝啊。過剩的甜度令舌頭麻痺，喝著喝著就覺得剛剛好了。不對啦，嗯。呃——剛才那段。

我有點嚇了一跳。

我本來以為知道日南過剩的起司愛之類的人只有我而已，不過也對啦。那也不是特別需要對其他人隱瞞的事，這樣既然是一起去吃過幾次飯的人，會知道也是當然的吧，水澤也會知道日南喜歡起司。

說起來，她跟水澤那些人去吃飯的次數，應該比跟我吃飯還要多很多，這樣的話他們反而比我還知道吧。畢竟都有他們兩個好像在交往的傳言了。我又搞錯了奇怪的地方。

不過沒差吧。雖然發出聲音來了，不過只是有點嚇一跳而已。嗯嗯。

「啊——我也有想說要不要點焦糖瑪奇朵呢～！」

泉一邊這麼說一邊毫無猶豫地坐在我旁邊。欸，現充是不會在意位子之類的嗎？還是單純是很會隱藏那種感覺？還是說只是完全沒有意識到我？啊，是那樣！

「結果還是點了抹茶那個啊？」

「是啊！」

不知道為什麼用微笑的得意表情看向我這。為什麼會做出像是受到誇獎一樣的反應啊這孩子？

「決定好要買什麼了沒——？」

泉把容器放在桌上，空手彎腰吸著飲料的同時這麼說。因為她往前彎腰而且胸口又是敞開的，當然，就會變成那種情形。雖然我一直要自己不去想，可是她的服裝比起制服更貼身而讓胸部看起來更大了呢。我一邊移開目光一邊這麼說。

「算是……決定好了。」

「真假!?是什麼是什麼！」

「哦，對啊對啊你是要買什麼啦？」

「好在意喔～」

三位現充總質詢的壓力壓得我頭暈的同時，為了不要輸給壓力，所以我拚命地說明事先想好的說法。只是要把心裡原本想的東西說出來的話，就算在現充面前我也做得到喔！怎樣，很猛吧！咦？不猛？

然後說明結束了。

「那、那個嘛……」水澤臉色有點困擾。

「該怎麼說才好……」泉把目光別開。

「……真，真有友崎同學的風格呢！」最後是日南把大家的意見委婉地統合起來。真不愧是妳的能力。謝謝妳沒有讓我受傷就做個收尾。

可是，要問我能送什麼東西的話，我也只能想到這種程度的而已，日南也沒有傳給我『那種東西鐵定不行』的信號之類的，所以我覺得這樣子就可以了。

總之，這也是盡我全力的，所謂公平競爭的精神啊。

然後休息結束，前往電器行之後，我買好了禮物。

從電器行出來的四個人，由於泉跟我兩邊都買好禮物，所以已經達成這次的目的。

說起來我剛才自然地讓自己的『去電器行』這個提案通過了，所以額度還有一次。沒有什麼切身的感受。該說是意外地簡單嗎？維持這樣下去的話就能完全達標嗎？

好。這樣的話就要思考接下來怎麼做，再試著對大家說想好的提案吧。

然後我思考看看之後……也不太想得到什麼好方案。

對、對啊。剛才本來就是有買禮物的目的才有辦法提案，可是現在這種沒有目的的狀態下，很難說出接下來想做什麼啊。

比如說電玩場之類的，雖然我還滿常去，可是就不由得會思考有到要帶他們三個過去的程度嗎？這種有的沒的。那麼要去吃飯嗎？這一類的事，也因為剛才才去過星巴克說不定也有人不餓，而且說起來那也不是我該提議的事啊，我不禁會有這種想法。

別說要讓提案通過了，首先光是說出提案的行為本身就很難了。

「接下來呢。大家肚子餓了嗎？」

是水澤問的。這樣嗎。肚子餓不餓之類的，不知道的話只要問就好了。理所當然到不行。

「嗯──不怎麼餓吧。」日南這麼說。

「我算是有餓到喔——」泉也回答。

「我也滿餓的。」

「原來如此～」水澤稍微讓視線游移了一下，然後。「有一間起司很讚的披薩店，要不要去？」

「要去。」

明明是剛才唯一一個說肚子不餓的日南竟然馬上回答。

「泉跟友崎呢？」

「披薩不錯耶！」

「我也覺得可以。」

「那就決定好啦！」

看著在我眼前讓提案一個接著一個通過的水澤，我思考著，到底哪裡不一樣。

＊　＊　＊

披薩也吃完了，真真正正沒事要做的我們幾個，發展成了是不是差不多該解散的情形。順帶一提，吃著披薩的日南的表情，因為並沒有變成那種可愛到浪費又會讓人嚇一跳的笑容，看來是沒有那麼中意的樣子。並不是只要有起司就什麼都好啊？不過吃起來的確感覺滿普通的。

再次走回大宮站，四個人進入驗票口。看來只有泉是搭高崎線，我跟日南還有水澤是搭埼京線的樣子。

「今天滿開心的呢！掰啦～！」

泉對我們三個人做了道別的寒暄。我們三人也對她做出回應。畢竟泉的個性是那樣，我想像著她說的「滿開心的」這種話也有好好地朝我這邊發過來，就讓我引起一種老媽子的情緒，覺得她不用勉強自己也沒關係喔，不禁令我飲淚。嗚嗚。

然後三個人一起前往埼京線，在電車來之前隨便閒聊。

對話的比例，我想大致上是水澤四對日南四對我一對車站廣播一，這樣的情形。是不怎麼差的數值。

對話一陣子之後，電車來了。

三個人搭進電車，幾分鐘之後，到達了離我家最近的車站，北與野。

「呃，那就先這樣。」

「掰啦。」

「掰啦——友崎同學。」

兩個人目送我的同時，我走出電車。車門關上。

無意地回過頭去，透過窗戶可以看見日南跟水澤對話的同時開心笑著的笑臉，隨著速度一點一滴地提升，漸漸遠去。

……不對，那又怎樣啦！

不過啊，就是這樣的感覺，今天買東西的行程結束了。

結果，只有電器行的提案通過一次之後就結束了，並沒有達成『讓提案通過兩次以上』這樣的課題。

我覺得這是非常需要反省的事，不過我還有其他，只有一點點，真的只有一點點在意的事情。

雖然煩惱了不知道該怎麼做之類的有的沒的，我還是推導到了「只是問一問很平常吧」這樣的結論，而採取了如果是之前的我應該不會選擇的行動。把ＬＩＮＥ打開。

友崎文也：日南跟水澤的傳言，是從誰那邊聽來的？

優鈴同學：啊，果然很在意？笑

經過幾段你來我往，結果知道她是從紺野繪里香集團的其中一個人聽來的。而且真相不明。嗯——不過也沒差啦。中村的生日是七月二十七日星期三。別從現在就開始緊張啊。

＊　＊　＊

「沒有辦法達成的原因，你有用自己的方式思考過了吧？」

買了要送給中村的禮物的兩天後，星期一的早上。第二服裝室。

早上的會議，從語調比平常還要可怕那麼一點點的日南同學的一句話開始。

「呃呃，該說是電器行的提案比想像中還簡單地通過了，所以大意了嗎……」

我被訊問著沒有辦法達成課題的理由。

「在那之前呢？」

「咦？」

「去電器行之前。到電器行買東西是中間以後的事了吧。在那之前你的樣子看起來就像是連打算做什麼提案的態度都沒有喔？」

「那、那是因為……」我把目光別開。「水澤很快地就讓他的提案通過了……」

「沒辦法預料到？」

「預料？」

「預料到水澤在場的話就會變成那樣。如果是你的話。你連想都沒想？」

「不，那個……」

確實不是沒有辦法預料的……可是實在是第一次遇到的狀況，而且又有很多很多的事情壓得我喘不過氣來啊！

「唉……就先這樣吧。跟敵人對戰的時候，如果在後方待機而沒有參加戰鬥就沒辦法得到難得的經驗值，這種情形你應該也知道的。」

「對、對不起。」

「……老實說，我有時候會以從失敗中學習為前提來提出課題，不過這次的課題，我之前以為以你現在的能力還有學習的態度來說，應該是可以百分之百過關的……說不定需要稍微重新評估一下了。」

多少顯露著失望的那番話語，刺進了我的胸口。

「好……我會精進。」

實際上，我最近對於自己主動去累積經驗值的行為有比較積極，也感覺到日南對我這點有著不低的評價。明明是這樣，我卻背叛了期待。

這次確實沒有積極地行動，我有這樣的自覺。

到底是什麼呢？會那樣的原因。雖然有因為被三個現充包圍而覺得緊張，可是說到買東西的時候一直去注意的事，啊啊，這樣啊。泉說過的，日南跟水澤的——

「日南，我說啊。」

「什麼？應該不是讓人更加失望的事情吧？」

日南銳利的眼光削弱了我的勢頭。

「……我還是不說了。」

嗯，那種事情很無聊。嗯。沒有到必須問的程度。就別問了。

「什麼啊？」

「不，什麼都沒有……」

也不是什麼重要的事。

「……那就算了吧。接下來，要談這次買東西的時候所感受到的、學習到的，或者覺得有疑問的事情囉。重要的是那方面。」

我重新整理心緒回想著。首先浮現在腦裡的，是看見那面鏡子的時候。

「印象最深的應該是外表之類的……能夠實際感受到有改善了吧。」

我語帶保留地說。

「哦。」日南溫柔地笑了。「那可是不錯的傾向呢。」

「可是……只是自己這麼想而已耶？」

「那也很重要喔。因為眼睛看得見的變化，會連結到動力，或者積極性之類的。讓怪物受到的損傷從二位數變成三位數的時候，不是會非常地興奮嗎？那種顯而易見的區隔，對於提起幹勁確實是很重要。」

「啊哈哈，原來如此。還有學到新招式之類的時候也是啊。」

「對啊！尤其是學到全範圍魔法的時候！」

像個孩子一般開心地讓語氣帶有昂揚還說到那種地步之後，日南就咳了一下清喉嚨。

「不過，就算你沒有動力，只要我有盯著就不可能讓你偷懶了。」

從氣氛明朗的感覺急速轉變，做了魔鬼教練宣言。

「我不會偷懶啦！我可是有幹勁的喔。」

「這樣啊？總之從結果來看，當事人的幹勁是最重要的，所以有的話最好。要改變自己，比起實際去做什麼事，更重要的是對於身邊發生的小事有怎樣的想法——也就是說，最重要的是平常內心的思考方式喔。」

「嗯。不過，真的是那樣嗎？」

「對。特別是剛開始的時候。你想想，光只是走路就能得到經驗值的裝備，在遊戲開頭會發揮讓人覺得可怕的效力吧？你現在也一樣是在開頭。也就是說平常得到的一點點經驗值就很有效果了。」

「原、原來如此。」

又是很開心似的表情。這傢伙真的很喜歡遊戲啊。

「接下來，還有沒有什麼跟課題有關的事情呢？當時想到的事之類的。」

我說了「我想想……」思考過後，開口說話。

「因為沒辦法好好地提案所以想了很多，試著思考看看哪裡不一樣。不過觀察水澤的提案之後，覺得有內涵的提案果然很多啊。」

「有內涵？」

「像是，去叫做 BEAMS 的地方的時候，去了之後確實是很時髦的店，而且也擺放著很多看起來很時髦的東西吧。提案去披薩店的時候，也是掌握著日南喜歡起司才那樣提的……」

我一邊思考而一邊說到這裡的時候，日南面無表情地看著我。

「欸，友崎同學。你，是不是身體不舒服？」

「咦？」

「你說的話比平常還要欠缺客觀性。再稍微思考看看。」

「說思考是要我思考什……」

「不如說，是相反的喔。」

「相反？」

我沒有理解到日南說的話的意思。日南用手指抵在唇上皺起眉頭。

「還是說，突然買東西把等級提得太高了……？」

「到底什麼意思啊？」

「因為打個比方來說，水澤一開始提案的 BEAMS，那個地方，實際上怎麼樣？」

「咦，我覺得是不錯的店啊……不過，對我來說太高檔就是了，裝潢跟價格都是。哈哈哈。」

我這麼說之後，日南就突然強硬地縱向捏住我的嘴唇，制止了我自虐的笑聲。

「嗯嗯!?」

不要用那麼平常的感覺碰我的嘴唇之類的啊。因為我是第一次所以麻煩妳溫柔點。

「不是說這個。是要你用購買送給中村的禮物的店的角度，想一想。」

日南無表情的臉色沒有變化，這麼說道。嘴脣受到解放。脣上殘留著奇妙的感覺。

「……咦，呃，也對，的確在那邊是沒有買東西……不過也不是什麼不好的店吧？」

對於我吞吞吐吐的話語，日南嘆了一口氣。

「聽好囉，那間店擺放的東西，尤其是適合當禮物的小東西，雖然幾乎都很不錯，不過用禮物的角度來想的話，不管哪一個都是不符合中村興趣的東西。」

「是、是那樣嗎？」

以我的品味沒辦法推測到那方面。

「……不過，你不知道那點也無可奈何。畢竟衣服也是只能買假人身上的套裝的狀態呢。那方面你聽我講之後有瞭解到就可以了。可是，披薩又怎樣呢？」

「怎樣是指……」

「你覺得如何？那間店。」是試探我的眼神。「吃了之後，什麼想法都沒有嗎？」

「啊。」這時我知道她想說的事了。「我覺得……不好吃。」

日南終於稍微顯露一點點笑容了。

「對吧？果然有理解呢。也就是說水澤的提案，並不是有內涵的東西。」

「可是……那又怎樣？意思是說其實不好的提案比較容易通過嗎？」

「很接近，不過有點不對。」

「接近？」

日南點了頭，然後又開口。

「正確來說，是『提案容不容易通過，跟那個提案實際上正不正確，並沒有關係』喔。」

我稍微思考了一下，接受了她的說法。

「啊啊……原來如此。」

「懂了嗎？」

「意思是讓別人接受比較重要啊。」

實際上就算披薩不好吃，只要能夠說服其他人的話，提案本身就能通過的意思。

「對。正確來說的話就是『讓其他人接受就是一切』喔。以披薩來說，『實際上好不好吃』跟提案容不容易通過沒有關聯。重要的點，只有『讓對方覺得說不定會很好吃』而已。」

聽起來像是理所當然，不過說得還真露骨啊。

「呃——那麼極端一點，不正確的事情只要能說成聽起來不錯、矇騙過去的話，提案就會通過。」

「就是那樣。實際上，水澤提案去不怎麼好吃的披薩店，也有提案去跟中村興趣無關的店裡，可是兩個提案都十分順利地通過了吧？」

日南用著與諷刺般的內容不相襯，像是在說明理所當然的事情的語調這麼說。

「哈——這個世界還真可怕呢。」然後我發覺到很基本的事情。「……不，說起來，這樣子的話就是糞作遊戲了吧！」

那種規則是搞啥啊！那種像一坨屎的規則就代表人生是糞作了嘛！

「為什麼？」

「因為，正確的事沒辦法通過吧？那樣子很奇怪，又不美麗，所以是糞作沒錯吧！」

日南嘆了氣。

「你在說什麼啊？不是那樣子喔。只是有著『比起正不正確，更能讓大家接受的提案會比較優先』這種『單純的規則』而已。你不懂嗎？」

「不，那只是歪理……」

「那麼，如果有一款目的是要成功讓群眾同意的交涉遊戲的話，又如何呢？糞作？需要熟悉並進行用來說服對手的高效率說話方式、登場人物的興趣嗜好調查、利害關係的調節等等。如果有那種充滿真實感的遊戲的話？」

我想像著。感覺是分成調查跟交涉部分，需要個別技能的遊戲嗎？要為了交涉而鍛鍊能力，還有搜集資訊之類的。

嗯。

「……感覺是做得很好的遊戲啊。」

「那麼，現實也是很有趣的遊戲喔。」

「嗯，嗯。」

她說的話又讓我接受了。

「剛才只是簡單地假設，不過要讓大家同意，並不是很單純的事。有各式各樣的規則喔。比如說，要讓自己跟許多人的『利害關係』一致。另外，有些場合中『說服發言力強的人』也是很重要的。」

利害見解的一致，還有在場發言力強的人的接受度。

「……也就是說，先盡可能讓所有人都得到好處，而且還要說服頭目地位的人的意思嗎？」

「對。所謂的『利害關係』有時候不是實質利益而是責任的歸屬，關於『發言力強的人』，有時候也不會是頭目一般的存在，不過從結果來講，要說服多數，讓地位高的人接受，這樣子的流程是不會變的……對，打個比方，你還記得水澤的提案嗎？」

我回想水澤的提案。讓多數人得到好處，而且發言力很強的人會同意的提案，是要說這個吧。

「……啊啊！披薩嗎！」

「鬼正。」

「好了說出來啦。」

「當時是讓肚子餓的多數藉由『用餐』得到好處，還用『好吃的起司』這樣的話讓我這種發言力強的人接受。」

把自己講成發言力……啊這就算了吧。每次都是這樣。鬼正也是每次都會講。

「原來如此啊……換句話說，那就是為了讓提案通過的行為。」

「不過就算這樣講，通過的如果都是最後會招來批判的提案的話，就會逐漸失去信用，所以也不是不管怎樣只要想辦法通過就好了。」

「那又是很難搞的事了啊。」

感覺平衡度調整會很困難。

「不過，這個話題的核心啊，重要的點並不在那邊。」

「核心？」

不是說要讓大家接受，並且去說服強大的人嗎？

「就算因為『明明講的是正確的事，提案卻沒有通過，真奇怪！』而生氣，也沒有任何意義。如果只依賴著覺得自己正確的那種確信，然後就那樣不改變做法的話，只會停留在『沒有讓自己的提案通過的人』的程度，沒有任何意義。」

「呃──？」

「如果一直那樣下去，就算講的東西真的是正確的，也一輩子都沒辦法讓那個提案通過，什麼都沒有留下而迎向死亡。提案如果沒有通過的話，就是自己應該改變。」

日南用像是要冷漠地切開什麼般的嚴厲口吻這麼說。

我被她那樣的魄力所吞食，雖然覺得她說得有理而接受，不過還是重新思考。

因為那樣的話——

「不，那又怎樣啊？意思是說因為提案不會通過，所以不要講心裡覺得正確的事情，要以讓其他人接受為優先？這樣子不是有點怪嗎？」

那種行為，手段跟目的反過來了吧。如果停止說出正確的事的話就完蛋了。去做自己覺得正確的事情才重要，『說服別人』應該不是目的才對。

然而日南搖搖頭說「我並沒有打算說那種話」。

「那是怎樣啊？」

「如果確信自己的提案是正確的，然後同時也已經學到，就算提案正確也沒有辦法通過的『錯誤的規則』存在的話——」

「……已經學到的話？」

「那麼要讓那個『正確的提案』通過，就必須利用那個『錯誤的規則』才行。」

「……啊啊。」

我察覺到那番話的意義了。

「只要把自己想的『正確的提案』表面上『聽起來的感覺』扭曲，僅把外觀偽裝成大家應該會接受的意見。而本質上還是自己心裡想的正確的意見，並且讓提案通過。那不就是健全的戰鬥方式了？」

那對至今為止的我來說，是完全沒有想過的戰鬥方法。

扭曲自己，讓自己被接受。

「你接受了嗎？」

「……是啊。」

並不是主張自己的正確，而在自己的規則之中戰鬥。

而是踏上其他人做出來的，本來就存在一套規則的戰場上，捉住勝利。

那種聽起來很彆扭卻直率到令人害怕的話語，根據我的認識，我覺得那表現著這傢伙以 NO NAME 的身分面對『遊戲』時的態度。

那一方面，跟我有點不一樣。

「的確，在群體的場子上那麼做才是正攻法。也只能那麼做了，有這種感覺啊。」

我在遊戲中培養起來的戰法，並不是那樣子。我的做法，是不是在現實中無法通用啊？所以我才會到現在都還停留在非現充的狀態，而日南已經擠到現充的頂端了嗎？對於那方面我湧出了一點興趣——不過，我同時也接受了她說的話。

「看來有讓你瞭解了呢。以此為前提，說服別人、要讓自己的提案通過的時候一定要思考的，並非『實際上正不正確』，而是『利害關係的一致』、『說服發言力很強的人』。水澤就是擅長那麼做，舉例來說，就是用『會被起司吸引』這樣的規則讓我同意他說的話。如果能理解那點的話，這次就算及格分了。你能回想水澤的行動當成參考的話就不錯囉。」

「好的，我瞭解了……」

可是為什麼呢，日南對我說要我參考水澤的行動之後就有點那個，這樣，嗯。

不，我到底在說什麼啊。從昨天開始就很奇怪囉。好好振作。還有會被起司吸引對日南來說竟然也是規則啊。

3 要是開始深究遊戲中的小遊戲就真的會玩個不停

「……所以說啊，就像之前公告的一樣，學生會選舉的參選申請，就從今天統一開始囉～要申請的人要記得申請啊～投票是……呃──這週的週五吧～申請表可以交給我、放到職員室前面的參選箱，或者各班的選舉委員……大概就這樣吧。好了──那大家起立。」

川村老師用跟平常一樣的懶散語調說道。對喔對喔，雖然是上週講的不過就是今天了啊──日南去拿參選表單的活動。

班會結束，跟第一節課之間的短暫休息時間。日南把一張印了什麼的紙拿到川村老師那邊。嗯。是要參選吧。問題是誰會成為她的推薦人。畢竟那傢伙完全沒有提過那一點啊。我也有許多其他的事情要思考所以沒辦法問她。這樣子該怎麼說，雖然覺得不太會落到我頭上，但還是有不祥的預感啊。

確認日南把紙交出去後，同學們拋出來的溫馨聲援便交錯著。

「葵，交給妳了！」「我會投給妳喔～」「讓校規鬆一點吧！」「確定當選！」

校內第一有名的人。恐怕別班的人也隱約察覺到了日南應該會參選，這樣的話基本上不會有人想要跟她對戰了吧。與其那樣，應該更想要交給日南去做吧。有一種會變成在某個層面上很和平的選舉的預感。

就在我這麼想著的時候。

我嚇了一跳。

「麻煩您了——」

好像也不是特別重要一樣，用輕率口氣發出那個聲音的主人是——深實實。

她對班導交出了從遠處雖然看不出來，不過是跟日南剛才拿的尺寸差不多的紙。

「哦，七海也要啊——光我們班上就有兩人要參選，充滿幹勁很不錯啊——」

也就是說，深實實交出去的是學生會長的參選申請表。

以老師剛才說的話起頭，視線往深實實聚集。

「哦！深實實也要參選啊！」「我支持妳！」「會投票給妳喔！」「真有勇氣～！」

深實實當然也很受歡迎，所以反應良好。凝聚了溫暖的意見。只是，真有勇氣～的說法恐怕是指『明明對手是那個日南』那樣的意思吧。

視線就像那樣往深實實那邊集中，而我在人群中的視線反射性地朝向日南那裡。日南的表情雖然沒有大幅崩解到那種地步，不過在我眼裡看起來是純粹地驚訝著的樣子。

「葵跟深實實嗎～！」「感覺會打得很漂亮！」「不知道哪邊會當選呢～」

班上你來我往地不停湧起湊熱鬧的話語。

『會打得很漂亮』『不知道哪邊』。

雖然不清楚那些話是認真說的還是顧慮到深實實才講成那樣，不過老實說我無法想像日南輸掉的樣子。可是，確實只要思考看看就會發覺，深實實也擁有跟日南差不多的社交能力，成績也挺好的，而且在社團中也很活躍啊。讓人覺得在日南對其他事情花費時間的同時，深實實如果只把時間都投注在選舉上的話，說不定有機會。

「咦——！深實實也要參選啊！有夠討厭的！」

日南的『討厭』，這種既隨便而且老實說也沒辦法再好的感想，讓班上的人們稍微笑了出來。

「備審資料的互相爭奪，我可不會輸喔～！」

深實實同樣給予毫不遮掩的回應引發班上的笑聲，之後也以開心的氣氛繼續談著選舉的話題。

＊　＊　＊

然後到了週一第四節課前的下課時間，就像平常一樣去圖書室。

「你好。」

「妳好。」

我回應了她那讓人聯想到足以騷動包覆世界的奇幻大樹般的細語寒暄後，開始了讀書會。

就像上週一樣，兩人比肩而坐看著書的時候，菊池同學忽然搭話過來。

「好像還挺……辛苦的呢。」

「嗯？辛苦，是指？」

「那個，學生會選舉……」

一邊說話一邊讓視線朝向我的臉的菊池同學，眼瞳中的森林降臨了黑暗的夜晚。是怎麼了呢。

「七海同學她，不是參選了嗎？我在想為什麼……」

意外的話題。

「嗯，當事人是開玩笑地說為了備審資料了……」

「嗯。可是我覺得……並不是那樣子。」

菊池同學緩緩地左右搖頭。俯低目光的眼瞳就像是缺少了上面部分的蛾眉月一樣，令人聯想到帶有神祕感的夜空。

「嗯，說得也是。會不會是想要改變學校，或者想要改變自己，之類的呢？」

「會是，那樣嗎？」

菊池同學她，讓彷彿光是伸出來就會有小鳥停留、又白又長的手指輕柔地點在臉頰上，露出在思考的表情。她說的話有時候不是敬語，就像是她敞開了心房一般，讓我感覺很舒服。

「可是我，也有著想要改變自己的心情……所以覺得能夠理解。」

「咦，是這樣啊？想要改變是指？」

輕率地問看看之後。

「……呃。祕、祕密！」

「咦？」

仔細一看，從她那輕柔且神祕地垂下來的秀髮間隙中，可以看見美得讓人聯想到亞當與夏娃吃掉的禁果般染成紅色的臉頰。我倒抽一口氣。

呃、呃，是想改變什麼呢，菊池同學。

「……妳沒、沒事嗎？」

「沒、沒事。什麼事都……沒有。」

伴隨著一吸一吐帶點挑起性欲的呼吸聲，薄弱又纖細如同玻璃製品般奢美的肩膀生動地上下起伏。不久後抬起臉來的菊池同學，她溼潤的眼瞳中，就像是一年只有一次會七彩閃耀的奇蹟泉水般，洋溢著複雜的波瀾。我覺得要是再靠近一點點的話，自己很容易就會掉落其中。

「呃，嗯。」

「……嗯。」

以不可思議的表情注視著我的菊池同學與我，只有兩個人在的空間，不管怎麼看都是非日常的。

時間緩緩地流動著，差不多是可以一粒一粒鮮明地看見沙漏沙子的程度。

「那、那先這樣……！」

像是有人在背後操線般纏繞上來的時間流動中，先脫身的是菊池同學，她焦急地拿著書本，噠噠噠的小跑步離開了。

「呼，呼。」

被遺留在恢復成日常空間中的是我，總之就看一看這本書吧，嗯，我這麼想著——祕密是什麼！想改變是指什麼！到底怎樣啦那孩子真是魔性！

＊　＊　＊

當天午休。

「欸，來一下。」

「嗯……日南？」

「來這邊。」

日南沒有對上我的目光就快速地往舊校舍那邊走過去。是第二服裝室嗎？在上課前跟放學後之外的時間，被不是裝模作樣狀態的日南搭話還挺稀奇。

一邊避人耳目一邊跟日南拉開距離跟上去之後，果然到了第二服裝室。

「怎麼了？」

「有個有點緊急的任務呢。」

日南輕輕地坐在桌子上。本來就已經很短的裙子有一點點往上提，肉感流順地滿溢出來，美麗的腿受到了強調。

「咦？」

「在說那個之前，平時的固定聯絡。學生會選舉中，在這裡的會議會減少喔。」

「嗯，也對啦。畢竟應該會有很多事要忙吧。」

不過，明明老早就知道有選舉活動的準備了，用這種兵荒馬亂的方式聯絡並不像這傢伙的個性。會不會是因為深實實參選是預料外啊？

「所以，要講講關於那方面的事情。你知道推薦人的事吧？」

來、來了啊這個話題。

「呃——多少知道吧。大概是要負責做演講還怎樣。」

「對，就那種感覺。總之，就是負責在各方面支援囉。」

這時會拋出這種話題就代表……我回想起我那不祥的預感。

「可是，推薦人已經寫在紙上交出去了吧？」

「對。但其實更改推薦人的期限是到明天早上為止喔。」

「真、真的假的……所以果然是要——」

那種重責大任要交給我這個弱角。日南的斯巴達作風在這時達到了頂點。

「聽我說完。我本來打算讓你當我的推薦人……可是取消了。」

「咦？取消了？」

「因為我之前以為會參選的大概只有我而已，那也不會造成壓力，我覺得當成對你的特訓剛剛好。你想想，你有好好在做語調的練習，本來就擅長『把自己心裡想的事情原封不動地說出來』吧？所以我覺得你做得到。」

「嗯，那方面，我想可以做到底限……」

之前，她也對我說過『把自己心裡想的事情原封不動地說出來』是我的武器啊。語調也有一直在練習，也有愈做愈好的感覺。

「所以，我本來打算擅自把你寫成推薦人，再用先斬後奏的形式發表的說……」

「那樣子嚇人一跳是為了什麼啊。」

有這種莫名非常S個性的傢伙好可怕。

「可是，因為深實實也去參選，事態就改變了。」

「……啊啊，是這麼一回事啊。」

畢竟參選人應該只有自己，實際上推薦人是有或沒有都沒差的存在，所以她之前才打算擅自讓我擔任推薦人來特訓。

可是，深實實參選了。

畢竟深實實也算是強敵，如果交給我的話就難搞了，的意思。

「對。比起當我的推薦人，當深實實的推薦人的話，才是比較好的特訓。」

「嗯……呃，啊!?」

預料外的話語讓我大聲回問。

「吵死了。如果練習的成果是那樣的話就稍微抑制一下。」

「不，重點不是那個……不是說對手是深實實的話果然還是取消比較好之類的，反而是要我當深實實的推薦人？」

「沒錯。」

「不，等等，說什麼沒錯。那樣子還比較難搞吧？不知道深實實會不會說ＯＫ，而且對手是妳耶？對抗那種強大敵手的時候，如果搭檔是我的話不會不安嗎？要是妳的推薦人是我，我覺得還比較能演變成不錯的平等戰鬥的說。」

日南擺出若無其事的表情聽著我的反駁。

「那麼，我這樣說比較好吧。」

「咦？」

日南就像在說重要的事情一般，緩緩地吐露話語。

「要是擔任我的推薦人，假設我真的輸掉的時候，所有的責任，都會落在你身上。」

「——啊。」

對啊，確實是這樣。日南輸掉這種事是每個人都沒有思考過的情況。明明這樣卻輸了的話那就是異常事態，會開始探究原因，結果會有許多人推導到『是那個莫名其妙的推薦人的臉太噁心害的』這樣的結論吧。就算是我也很容易想像得到。

那個時候，我就會在不好的層面上變成全校學生中的名人。

「不過，我輸掉的情形，只要我沒有故意的話根本不可能發生就是了。歸根究柢，更重要的是比起跟著我，跟著深實實的話可以增加跟她談話的次數，當成對話練習。最應該偷學的對話方式大多都在深實實那邊，所以那樣做是最適合的。」

「……這個我能接受，不過因為我而讓深實實輸掉就沒關係嗎？」

日南目瞪口呆地眨了幾次眼睛，然後她像是發覺了什麼事情似的開口。

「我喜歡深實實，而且她也有很多部分令我尊敬，是重要的存在。可是。」

「哦，喔。」

然後，日南的表情一點也沒崩解，就像理所當然般地。

「她不會，贏過我。」

那種不給人機會反駁的風格，我的背脊甚至感受到寒氣。

「這、這樣啊。」

「所以不管怎麼樣，跟推薦人是誰之類的都無關。」

因為我知道這傢伙私下的努力，所以沒有辦法做出任何反駁。

「不過那種事都沒差。因為可以達成對話練習所以要你跟著深實實，這才是最重要的。之前沒有想過深實實會參選，所以這次是個很好的機會。」

「啊、啊啊。也是，重點在那邊嗎？」

的確，如果是那麼一回事的話當上推薦人說不定比較好。

「叫你出來就是要講這件事。因為變更推薦人的期限是到明天早上，所以要你現在去讓深實實知道你『想當推薦人』，並且得到她的同意。」

「啊，所以才特地把我叫出來啊。」可是我還有疑問。「要怎樣說服她？」

「那種事就自己想想啊。只差該怎麼做才會讓她有那個心吧。」

「咦，自己想，等一下，那根本是過不了關的遊……」

日南輕快地拋下講著這些話的我，離開第二服裝室。我也說著「等、等一下啊」急忙跟了上去。啊啊就只能這樣上場了嗎。

——然後。

午休要結束時的走廊。我發現了跟小玉玉一起從食堂走過來的深實實。

「深、深實實。」

『深實實』這樣的名字要是講得結巴的話就會變成連續四個『Mi』所以不小心一點可不行。（註5）

註5　「深實實」原文為「みみみ（Mimimi）」，同樣的發音重複三次。

了。

「嗯，怎麼了友崎？」

深實實開朗地回應我。

「呃——有點話想說……」

雖然最近都有講到幾次話所以沒那麼緊張，不過對我來說還是有點太超出負荷

「咦!?什麼!?該不會是告白!?」

「不、不是啦！」

深實實咯咯咯！這樣開心地笑了。

「嗯嗯。」

——我像這樣被她一直牽著走的同時，也告訴她我想當推薦人。

「……也就是，該說那方面我意外地還算擅長嗎……」

「原來如此！」深實實微微地笑了出來。「你的心意我很高興，可是……」

「可、可是……？」

深實實調皮地拋了個媚眼，同時這麼說。

「有點靠不住！」

我很棒地玉碎了。不，這是當然的吧！

然後到了放學後。

「喂，日南，那是怎麼一回事啊！」

照她說的去挑戰之後完全失敗了。都是因為這傢伙一直催我上場，所以我想既然她都說成那樣了，應該有什麼我不知道的勝算吧？試著把心思寄託在這樣的希望上頭，可是完全沒有那麼回事。

「嗯，會變成這樣如同我的預想呢。」

「喂！」

這傢伙到底想搞什麼啊！

「冷靜點。畢竟深實實應該有已經選好的推薦人了，這本來就是要你做不太可能辦到的事。在我忙於選舉的期間，能高效率地累積經驗值的最佳方法就是那樣了。如果當上推薦人就是撿到便宜。如果沒有當上的話，就只能給你課題讓你暫時自習囉。」

嗯——也是，原來如此。

「……是這麼一回事啊。這樣的話就能接受了……可是是這樣的話，就要這麼說啊。」

「我只是覺得前陣子買東西的時候看到你有放水的跡象，所以想要是沒有像這樣激你的話，你又會放水吧？」

「唔……」

被這樣挑明不禁讓我什麼話都說不出來。

「可是失敗的話，我想想……說到自習期間可以做的事情，就是讓你積極地去跟要攻略的女主角小風香對話，或者跟優鈴或水澤聊天並偷學技巧，差不多就這樣吧。」

「說得、也是啊。」

「對。那麼雖然有點浪費，這場選舉中就是自習期間囉。如果有什麼事就聯絡我。然後……星期四放學後應該可以召開會議，下次就在那個時候開會吧。」

自習期間嗎？說是這麼說，最近已經是就算沒有教練也會自發性地做各種事情的狀態，所以我覺得應該不會變成完全沒有意義的時間。

「我知道了。」

「在發展成什麼麻煩事之前，要好好地報告。記得囉？」

「就說我知道了。」

「……這樣的話就好。」日南好像不太高興的樣子。「那麼，今天就先這樣了。」

「好。」

自習期間，以這種感覺開始了。

＊　＊　＊

然後到了隔天早上，『選舉活動』很快就展開。

「我推薦七海學姊擔任學生會長的理由——！其中一點是因為，我與學姊同屬田徑社，在社團時學姊也總是讓氣氛熱烈起來的開心果，真的會把氣氛炒熱起來，呃——我覺得她能夠像那樣子，同樣讓整間學校的氣氛也熱烈起來！所以我推薦學姊！還有，關於政見……」

「多多關照喔——！早安——！請大家多多關照——！」

深實實跟看起來是她學妹的女孩子在校門前並列，對學生們說著話。學妹負責演講，深實實則是跟學生直接接觸，十分地熱鬧。

正在演講的女孩子儘管是女生卻發出很大的聲音，抬頭挺胸而且筆直站立，舉止像是啦啦隊一般讓校門前的氣氛增添活力。應該是緊張吧，有時候好像會不小心講錯話。不過我覺得以高中生來說能那樣子抬頭挺胸地進行下去就很足夠了。想到如果深實實接受我做她的推薦人的話，就會是我站在那裡……令我發抖。

「哦——！是友崎啊早安——！」

「喔喔，早啊。」

深實實朝著我大動作地揮手，一邊說著「這跟我搭不搭——？」之類的話一邊對我強調斜掛在身上的選舉用窄布條。還是老樣子精神很好啊。

「啊，她是我的推薦人！田徑社的學妹！」

「我也是剛才看到，就覺得選她是正確的……我絕對辦不到。」

「聲音很大吧！我從國中就認識她了喔！」

「謝謝學姊!!我叫山下由美子!!」

「啊哈哈……」

聲音受到誇獎，然後就用更大的聲音回答的深實實的學妹山下。對於演講，我覺得聲音的音量還有音質之類的東西的確很重要。就算內容很棒但如果沒有人聽得下去的話也沒有意義。關於這點，我覺得山下學妹真的很合適。

「但也謝謝友崎！這種事情很麻煩所以很容易被拒絕……中中他們也是。」

「妳、妳有拜託中村啊？」

那傢伙確實是會拒絕的樣子……畢竟這很明顯是一樁麻煩事啊。

「有什麼事再找你聊吧！」

「啊，嗯，如果跟我聊沒關係的話。」

我心裡注意著要自然擺出笑臉的同時這麼回答。『如果跟我聊沒關係的話』這種詞彙不是挺有現充的感覺嗎？怎麼樣啊！我想著這類事情的時候說了「那先這樣」而前往校舍。中村反而是深實實去拜託他，但我卻是主動拜託深實實而被拒絕了，也就是說完全輸給中村是無可奈何的。嗯。

進入校門之後走了一陣子，校舍前方聚集一群人的情景就映入眼簾。

在那裡進行著的，是幫日南助選的演講。

「也就是說，無論是誰都能同意，關友高中的超級第一女主角，日南葵同學正要開始塑造這所學校。現在聚集在這裡的各位，還有剛才扶起眼鏡的你！還有那邊！

七海みなみ

打著呵欠的你也是！都會成為這偉大一步的歷史證人！日南同學的智慧！聲望！還有這樣的外表！哎呀，外表是不是沒有關聯呢？」

那種用過分誇張又老氣的演講語調賣傻的行為讓人群笑了出來。

跟剛才山下學妹那種啦啦隊般盡力提高音量的聲音不同，明明聽起來像是很平常地說話但聲音卻很響亮。俐落地容易聽清楚，而且還很流暢。在那話語中也感受不到刻意裝出來的感覺。我認得這個聲音。

是水澤。

「說是這麼說，但我們當然不是在開玩笑。開心的時候就要開心。該緊繃的時候就得緊繃，這樣子的收放是非常重要的。哎呀小早川老師！理科室椅子搖搖晃晃的，還沒有修理好吧？會從那種小小的不滿開始，以現實性的企劃能力，還有能夠實現的行動力，從根本開始全部達成的就是日南葵！」

「喔喔～這樣的話不錯啊～」

教理科的小早川老師很開心地笑了出來。

水澤說話的方式跟出聲、加重音的方式都多少帶著歡樂的氣氛，簡直就像是在說相聲一般。感覺不到死板的氛圍，有著能夠吸引人的某種要素。說起來，日南是選了水澤當推薦人啊。也沒差就是了。這樣看來也覺得沒有人比他更適任。

在水澤集合起來的人群旁邊，日南直接地聚集著支持者。看起來是吃不開的那一種人的一年級學生，正在跟日南握手。

「謝謝你的支持！」

「嗯、嗯，好的！」

「你是網球社的社員……沒錯吧？」

「咦，啊，是、是的！為、為什麼……？」

「我想說在田徑社練習途中，好像有看過你截擊的樣子！果然沒錯！」

「啊……啊……」

「再請你多多幫忙囉！」

然後日南放開握住的手。男學生以興奮的目光注視著自己剛被握過的手，點頭之後便緊緊地把手握住。他的心完全被奪走了。不，吃不開的人被日南那樣對待就是會變成那樣子喔。

說是這樣說，不過那傢伙到底是怎麼做的。我覺得，她總不可能掌握全校學生的社團活動，可是似乎有在做接近那程度的事情啊。仔細一看，雖然人數是個位數，不過已經有幾個人排隊等著跟日南握手。這是怎樣啊，不就真的是偶像了嗎？

我斜眼看著那副景象，通過人群的側邊，進入校舍。然後我這麼想。

——這樣子，的確沒有誰能贏過日南啊。

抵達教室。我遵守著自習的課題，對泉搭話。

「妳有看到校舍前面嗎？日南那樣。」

泉充滿精神地轉向我這邊。

「有喔有喔！很厲害耶，人群聚成那樣。」

「那樣子太強了吧。」

我老實地把感想說出來。

「嗯……」

她一邊同意，一邊露出好像在意著什麼事情的表情。我有一瞬間想問她是怎麼了，但恐怕是……她想到了在很近的地方，一樣進行著選舉活動的深實實吧。

老實說，不管誰來看都會覺得沒有勝算。這並不是因為深實實不行，而是日南強過頭了。雖然跟她只有短期間的交集，不過深實實的社交能力跟聲望，還有她的性格。如果這間學校沒有日南的話，我覺得她甚至有可以游刃有餘地當上學生會長的器量。可是，對手太猛了。

「啊，比起那件事，這個！」

不知道是不是有所顧慮而轉變話題的泉拿給我的，是我之前給她的壞掉的馬表。

「哦！這就代表！」

「小小的跳躍，我完全練成了！」

泉一邊有力地舉手敬禮一邊說。不知道她為什麼表情有點怪怪的，是因為害羞嗎？

這個狀況，應該說什麼才對呢。我思考著要怎麼做而回想水澤的對話。

——這種時候，說說看這種事情的話，不就挺像現充的嗎？

「臉好怪。」

「好狠！」

變成了感覺好像很要好的對話！好厲害！水澤好厲害！

就像這樣一點一滴地試著各種做法自習的話，看來自習期間也會變成挺有意義的時光。附帶一提，後來的對話中，泉說了「我會努力！」的時候，我又像水澤那樣用「聲音好吵！」這樣的話戲弄她看看，後來她就說「啊，抱歉」而且很平常地消沉下去了。嗯。該精進呢。我才抱歉。

如此這般有空轉也有努力而來到了放學後。

今天也沒有會議，說是這樣說，但其實也沒辦法做什麼對話或者語調之類的練習，所以就想說難得直接回家看看，做細微的表情練習好了。走出校舍的時候，發覺深實實在那，一個人進行著選舉活動。

為什麼會一個人呢？

真沒辦法，有新的自習課題了啊。我以硬派的感覺想著這種事的同時，對深實實搭話。

「妳在做什麼啊？」

「哦，是友崎啊！請多多參考——！」

深實實對我遞出一小張紙。

「……政見。」

我收下後，發覺各種不同的政見印在一張紙上。是這種感覺。

第1點、實施寒喧運動，以令人覺得舒服的學校為目標。

第2點．設置意見箱，以採納學生的意見為基礎，目標是塑造更好的學校。

第3點．努力擴大福利社的商品

第4點．計畫擴大運動會的規模。

「如何!?」

「就算妳問我如何也……」

老實說，有令我在意的點。倒不如說，是會覺得她怎麼沒有注意到那個地方的程度。可是那並不是什麼好的層面，所以我因為不曉得指出來是否比較好而迷惘。

「這些政見，友崎你覺得怎樣!?很有魅力!?」

該怎麼做呢？

如果不說出來，我大概也沒辦法想出什麼好藉口應付過去，應該也很難好好地補救吧。大概會變成奇怪的感覺。

可是，如果只是把現在在想的事情原封不動地說出來，那就做得到。我原本就只擅長那方面，現在還可以在那之中加上語調跟表情。

「嗯——」雖然迷惘，我還是把那點說出來。「與其說政見嘛……重點是寫法。」

「寫法？」

深實實用完全沒有頭緒的那種表情看著我。果然是那樣啊。

「妳看看……比方說這邊。」

我冷靜地指著「4」的地方。

「這個。」

深實實認真地看著那裡，然後說了「咦？很普通嘛」而凝視著我的臉。喂，這樣很近喔。這種現充才會有的距離感。端正又端整的臉就在眼前。我一瞬間整個凍結。

「呃……對，只有這個是半形……大小不一樣吧。該說是寬度比較窄嗎？」

「……啊——！真的耶！友崎好厲害！偵探!?」

不，只是對電腦有一點熟而已。

「還有……這裡也是吧。」

我指著『第1』後面的『、』。

「嗯嗯？」

「妳看看，其他的地方……應該是用了全形的句點吧？可是只有這裡是用了頓號（註6）喔。我覺得大概是選字選錯或者不小心打錯……」

「真的耶！變成了日文的點點！」

「像這樣的地方，該說知道的人看了馬上就會發現嗎？看起來會覺得不用心，應該不會給人太好的印象吧？不，到底怎樣呢。說不定只有我這樣想。」

畢竟我也不是有什麼可以就這方面指使她怎麼做的知識，所以便委婉地說明。雖然還有其他細微的地方讓我在意，不過那些我就沒有說給她聽。

然後深實實用閃閃發亮的表情緩緩地開了口。

「……友崎，其實意外地是很能幹的人？」

「咦，唔～嗯……」

與其那麼說，只不過是身為遊戲宅而常常用電腦之類的，所以才會注意到那種地方而已……

不過仔細想想，深實實給人靠氣勢活下去的感覺，當推薦人的那個女生感覺也不太會注意到細節的樣子。也就是說我的這種個性，會對她有一點幫助？想到這裡後，我靈機一動。

註6　原文中指的是日文中相當於中文的逗號的「、」符號（寫於文字的右下角），譯文中為避免中文習慣上的誤會，譯為中文中與該符號較為相似的頓號。

日南的課題『讓自己的提案通過兩次』。以及，真的是最佳情境的『深實實的推薦人』計畫。我打算自發性地進行那方面的延長戰。

「深實實。」

「嗯？」

我迷惘了一瞬間之後，開了口。

「我覺得，如果是這種耗腦筋的事情的話，可以幫忙妳……」

我的話語讓深實實一瞬間呆愣。然後。

「……腦、腦筋！」

意外地變成綻放出開朗的表情。這樣子反應算不錯？

「像剛才那樣思考細微的事情，並不是深實實擅長的吧？那個，我覺得我可以代替妳來做喔。特別是跟電腦有關聯的東西之類的，那種方面。」

我意識著利害關係說出說服她的話語，讓深實實靜靜地點了點頭。

「嗯，這樣不錯。那方面我確實不擅長……而且……」

「而且？」

反問回去後，深實實的眼睛就亮晶晶地閃耀，用像是很雀躍般的聲音這麼說。

「——腦筋這個詞，聽起來很帥！」（註7）

註7 「腦筋」的原文中，友崎用了外來語「ブレーン」這個詞（相當於英語的Brain）來講，而非一般日文的說法。本書中的「ブレーン」統一譯為「腦筋」。

我不禁「啊？」這樣回她。

「很棒，真的很棒！『我很有腦筋呢』……我想這麼說！有夠想這麼說的！友崎會不會也想說『我很有腦筋呢』!?會想說吧!?」

說起話來換了音色表現得很有喜感的樣子，讓我有點想到日南。

話說是從聽起來的感覺為優先考量嗎？不過也不是不能理解啦。

「真、真的嗎？」

「一半認真！一半順著勢頭！」

那是怎樣啊。

「呃——那剛才說的就……」

「說了算！可是老實說，你能幫我說不定真的很好。其實放學後小由美不在呢～」

「小由美？」

「啊，今天早上的女生！畢竟她是田徑社的學妹，放學後想去社團活動。所以我才跟她說放學後我要一個人來！畢竟我就是當事人，所以無可奈何嘛！」

「啊啊，原來如此。」

是個好學姊啊。

「所以，放學後友崎過來幫忙的話，真的算很感激吧。雖然已經拒絕過你一次了！欸嘿！」

深實實伸出舌頭的同時，清楚地發出「欸嘿」的聲音。

不過太好了。這樣子自習期間就能變成更有意義的時段。雖然有點可怕就是了。

「ＯＫ。那我今天要做什麼呢？」

「還真俐落呢友崎！不愧是工作上靠得住的男人！」

深實實用比一般狀況還要大了一點的力氣拍了我的肩膀這麼說。好痛。

可是，很好！推薦人雖然沒當上，不過可以成為『腦筋』了。

而且，雖然錯過時機，不過讓提案通過了喔！這樣就達成課題了，沒話可說了吧日南！

「嗯──友崎。可是我可以問一件事嗎？」

「怎麼了？」

深實實像是看透我的眼睛一般這麼問。

「為什麼那麼想要幫忙呢？」

這時我發覺了。對啊，說得也是。

提案過當她的推薦人被拒絕。然後這次說想要當她的腦筋。會疑惑我為什麼想扯上關係到這種地步也是理所當然的。糟糕了該怎麼辦。照實回答的話是『因為日南對我這樣指示』──不對，是『為了學習對話的技術』這樣子，可是也不可能把那種事說出來……我想著這些的時候，一道靈光閃過我的腦袋。

「想把日南──」

「咦？」

那又是，連我自己都嚇一跳、順暢滑溜出來的藉口。

「——想把日南扳倒看看呢。」

話說出來的時候，發覺自己是放進了『就算在人生裡面，也要以 nanashi 的身分打倒 NO NAME』這樣的意涵。

「咦？」

深實實她那大大的眼睛眨了眨，一直盯著我的眼睛。我繼續說下去。

「妳想想，那傢伙，該說沒輸的情形多得過頭了嗎，角色強過頭了吧？所以是想讓她輸個一次也沒關係嗎……我很喜歡玩遊戲，對手愈強的話，果然愈會讓人熱血沸騰呢。所以，我想跟那傢伙對戰，打倒她的話，應該超級開心的吧。」

深實實擺出認真的表情聽著我那番話。然後。

「……友崎你啊。」

「嗯？」

她把手放到我肩膀上，然後用憐憫我一般的表情笑出來。

「友崎你，其實超級不自量力？」

「別、別管啦！」

的確以現狀來看差距實在太大，就連對戰都算不上。深實實嘴巴張得大大的開朗地笑著。

「不過我覺得不錯！我只跟你說，其實我也很不自量力啊！」

「嗯？深實實也是？」

「嗯，沒錯喔！」然後，她微微地露出賊笑。「因為我也是，想要贏過葵呢。」

難以判斷是認真的還是演出來的，那種注視著遠方的眼瞳讓我不知所措。

「這、這樣啊。」

「不過太好了！其實啊──雖然我也想過只要非常努力的話就有辦法之類的，不過今天早上葵跟孝弘的那個，你有看到？」

「喔喔，有看到。」

那太猛了。

「看了那個啊……就會讓人覺得『啊，這鐵定贏不了』呢，說真的。」

深實實帶點不甘心的樣子笑著說。

「……是啊。」

那的確是，誰看了都會覺得贏不了的完美選舉活動。

「因為那樣而有了『照這樣做下去的話不行！』的想法啊──不改變什麼的話就贏不了。所以這樣子剛剛好！來改變什麼吧！我很期待喔友崎！」

然後再次用力地拍起我的肩膀。

「好痛！呃、呃──我會努力……」

總覺得被寄託某種非常不適合我的期待就是了。

「如此這般，趕快開會吧！喔——！」

「喔、喔——！」

儘管是我自己主動對她提起的事，結果整個勢頭都被她給牽著走了。

＊　＊　＊

「這樣子切換半形跟全形。」

「是這樣啊！呃……」

「啊，要我來打嗎？」

「嗯交給你了……欸，友崎打字好快⁉果然對電腦之類的很熟啊。」

校內的電腦室。我把藉由線上遊戲聊天時鍛鍊的打字技巧展現給深實實看。其實速度也沒有特別快到哪去，反而算我覺得打得慢的那種，不過在一般人眼裡看來是會讓人嚇一跳的技能的樣子。附帶一提，『對電腦之類的很熟』前面加上『果然』這樣的話語，我打算想辦法努力解釋成帶有好意的講法。

「這種感覺？」

我把完成後的畫面給深實實看。

第1點．實施寒暄運動，以令人舒服的學校為目標。

第2點・設置意見箱，以採納學生的意見為基礎，
目標是塑造更好的學校。
第3點・盡力擴大福利社的商品。
第4點・計畫擴大運動會的規模。

「對吧。」

「咦！這是怎樣這是怎樣！變得非常好讀了耶！」

嗯，果然只做一點點變化也能發揮不小的效果啊。

「咦，不只是點跟數字，好像連配置都變了耶？呃……」

深實實像是要深入畫面一般地看著。

「最明顯的，大概是這邊。」我指著第二項政見。「這個政見變成兩行了吧？我讓這個第二行的文字開頭，符合跟第一行一樣的位置了喔。」

畢竟原本的排版真的滿亂的。

深實實從透明檔案夾中抽出自己印好的紙張，拿來比較。

「真、真的耶……啊，第一項也換了啊。」

「對，就是這樣。因為只有一個字跑到下一行，所以我硬是調成同一行了。」

之前是第二行只有一個字，那種不容易閱讀的形式啊。

以令人『覺得』舒服的學校為目標，這句話的『覺得』兩字被我省略然後弄成一行。

「欸——！友崎比預料中還有好好在做，我現在很驚訝！」

「謝謝妳老實的意見。」

不過我的評價也就是那種樣子嘛……

「好啦那就來影印囉～」

「啊，先等一下。」

我因為有在意的事情而阻止了深實實。

「咦？」

我在腦袋裡思索著為了贏過選舉而要做的各種事情。

就像是思考持有的招式該如何運用才能有效率地打倒頭目，琢磨戰略時的心境。

「那些紙，基本上是要發給學生的吧？」

「嗯，是這樣呢。有時候也會發給老師就是了！」

「那麼，」我細語著，「……不需要呢。」

「咦？」

不知道我的話語的意思，深實實反問回來。我堅定地看著深實實的眼睛。然後由於她端整的五官而害羞起來並別開眼光。

「……這個一開始的政見。『實施寒暄運動，以令人舒服的學校為目標』。這個，該說從學生角度來看不是特別重要的事情嗎？我覺得這樣子賣相不好喔。」

「啊——說得也是！」

畢竟想要對大家打招呼的學生，基本上算是沒有吧。

「雖然老師可能也會看到，不過，這個主要是要發給學生的啊。乾脆就不要發給老師半張——並且只列上會受到學生歡迎的政見。」

要用魔法還是打擊，要用火屬性還是水屬性。拿容易在對方身上奏效的招式來應戰正是遊戲的基礎。

「喔喔！的確，那樣說不定比較好！」

深實實也同意地聽了進去。「很能幹嘛！」她又對我這麼說了。真開心。有玩遊戲太好了。

可是我在這個時候，想起了跟日南談過的那件事。

『如果確信自己的提案是正確的，然後同時也已經學到，就算提案正確也沒有辦法通過的「錯誤的規則」存在著的話，』

『那麼要讓那個「正確的提案」通過，就必須利用那個「錯誤的規則」才行。』

我正在做的事情，某個層面來說就是這樣。『學生們期望能方便自己學校生活的政見』這種規則，從各種角度來看都很難說是正確的。

利用那個規則擬出政見，把投票集中過來，而且，這次不是只改變表面進行偽裝，是打從根基改變『政見本身』的作戰。

也就是說，如果深實實有什麼『想做的事情』，因為發自內心的某種正確事物而想要當上學生會長的話，原本擬出來的這些政見說不定會連結上她的想法源頭。

學生會長一般來說，也不是抱著玩笑心態會想做下去的職位。明明那個日南都參選了自己卻還要參選，會做到這樣大概有某種理由。接下來要擬定的政見，我覺得必須確認有沒有違反她的理由。

「在那之前，我想要先問一下。」

「嗯？什麼什麼？」

我又一次看著深實實的臉。雖然端整的容貌讓我不由得害羞，不過我覺得這時一邊別開目光一邊問她也不對，而努力讓眼睛維持對著她開口。

「為什麼，妳打算參選學生會長？」

我開門見山發問之後，深實實只有一瞬間靜止不動。

「咦？現在要問那個!?」露出了像是害羞又像是驚訝的表情。

「不，妳想想，擬出來的政見，要是跟深實實想要發展的方向錯開的話就糟了啊。」

「啊，這樣啊。的確是這樣。」

「應該說，我本來就一直很在意了。該怎麼說呢，明明日南也參選了。」

我這麼說之後，深實實就說了「……果然是說那個呢～」而露出苦笑。

帶點寂寞的感覺，是不太會在深實實臉上看到的表情。

「……果然是說那個，意思是指？」

「嗯——葵。」

深實實恢復平常那種帶著嬉鬧的笑容。

「也就是說？」

「嗯……啊！說起來參選的理由，是一樣的一樣的！跟友崎一樣！」

「一樣是說……」這時我察覺了。「啊。」

想要扳倒日南看看。

深實實就在剛才告訴我，要我當『腦筋』的理由。

「知道了嗎？我也想跟那個超強的葵戰鬥，想贏過她看看！所以才會參選的。」

「也就是說，想要改變學校，或者以那種方向為目標之類的……」

「沒那回事！」

然後深實實用力豎起大拇指給我看。

「……啊哈哈，那真讓人驚訝啊。」

我不由得有一點高興起來。沒想到動機竟然是一樣的。

雖然我也想問為什麼想打倒她，不過就像我有身為玩家的矜持一樣，我想深實實應該也有某種意念，所以就沒問了。換句話說，我沒有可以那樣積極地問下去的對話技術。

「說過了吧？我也是很不自量力！」

「那就代表，政見，還有選舉活動的型態之類的，很自由就對了？」

「就是那樣啦！總覺得友崎從剛才開始就很有腦筋的感覺，小女子我深實實有了想要交給你去做的心情喔！」

這次深實實是雙手豎起大拇指給我看。

「這樣啊……不過那樣的話，」我在腦袋裡頭跑過各種想法。「做起來很容易啊。」

「……你露出看起來像壞人的表情喔？友崎。」

深實實露出很興奮似的笑容這麼說。

壞人的表情。不過也沒有辦法。這個時候，我已經明確地察覺到了。

在『人生』這款遊戲之中，最強的玩家日南葵。我從那傢伙身上學到人生的攻略法，自己也開始玩起人生。然後，雖然我沒辦法判斷人生是不是款神作遊戲，但至少發展成了會認為是佳作的地步。

大概，就是因為那樣，才產生了一個欲望。

總有一天，就算是我也要在這個所謂『人生』的佳作之中，跟那個名為日南葵的超級大頭目戰鬥看看。不，是想要贏過她看看。

可是我還是個弱角。就算試著單拿對話這點來比也還敵不過她，要在選舉活動中做出能夠影響別人的演講也絕對辦不到。深實實的推薦人山下學妹那不錯的氣勢、水澤那種壓倒性拿手的演講技巧，以及深實實跟日南那樣的社交能力與聲望。無論哪一項都完全不是我力所能及的。真要說起來我的能力值不夠。可是。

——在背後操作的話如何呢？

身為AttaFami最強玩家的我。

以日南至今已經教過我的『人生的攻略法』為基底。

如果可以『操作』名為深實實的『強角』，跟日南戰鬥的話。

那時我就不是弱角友崎，而在『人生』也可以當上nanashi了不是嗎？

不就可以跟那個日南葵打一場漂亮的仗——不，不對。不就能夠，贏過她了嗎？

那種直覺，令我興奮著。

「深實實。」

「嗯？」

我打算共享想法，而這麼說。

「要做的話，就要全心全力地得勝。」

深實實她，以目瞪口呆的表情注視著不知道為什麼突然擺出確實覺悟模樣的我，不過後來還是——

「……當然！」

以平常那種十分雀躍的笑臉，充滿精神、有夠大力地拍了我的肩膀。就說很痛了啊。

＊＊＊

「拿來發的政見用這種感覺的就好，除此之外還要做些什麼呢……」
「嗯——只有發這個的話不行嗎？」
「一般來說，只有那麼做的話大概也是可以吧，可是對手畢竟是日南啊。」
「啊——對喔。」
一邊把影印完的紙裁成拿來發的尺寸，一邊琢磨作戰。
我把裁好的紙拿在手上，露出苦笑。

第1點．企劃擴展福利社、食堂的商品。
第2點．藉由緩和關於髮型、服裝的校規，
促進學生的生活能力，以及自主性的提升。
第3點．目標以午休為限，開放頂樓。
第4點．努力在校慶邀請藝人做為來賓，
以此炒熱氣氛，並且提升活力。

「這樣子，變成一堆很諂媚的政見了呢。」

「真的耶！友崎意外地很壞喔～」

深實實以張開的單手遮住嘴巴嘻嘻嘻的調皮笑著。

「不不不，只是堂堂正正地戰鬥而已喔。」

我是真心這樣講的。這就是 **nanashi** 玩遊戲的風格。能用上的招數就全部用上。

「這樣嗎？」深實實傻眼的同時也很開心的樣子。「可是，看見這個的人會被吸引住啊～」

「嗯，不過我覺得也會有人以一半在搞笑的感覺而接受吧。」

「啊哈哈！那樣子也是可以！」

「是啊。」

「也有準備好被老師看到時的藉口，真的是很壞呢～這個壞蛋官員！」

「還、還好啦！」

深實實笑了出來。實際上，政見也維持在被老師吐槽的時候，可以用為了校內的活力還有學生的便利性這樣的藉口說得過去的程度。

「嗯——得想想接下來要做些什麼才行吧？」

「……是啊。」我說明事前先想好的計畫。「從現在開始到正式演講之前的期間，必須在支持者的數量上拉開差距才行。」

正式演講，也就是在全校學生面前的演講，會在這週末舉行。

如果對手在那之前跟我們拉開了很大的印象差距的話，假設演講真的有讓我們這邊得到優勢，最後還是會因為那種差距而輸掉。

可是照一般的方法進行下去的話，包括今天的四天內的選舉活動期間，深實實要集結比日南還要多的支持者恐怕很困難。拿水澤跟山下學妹相比的話，說真的演講技巧的差距大過頭了，日南也是與其說只有現在在努力，更不如說是靠著原本給人的好印象，還有會把學生背起來那種像是瘋狂一樣的努力成果來集結支持者的。

也就是說在這個階段，原本的隊伍，還有擁有的技能、能力值上有所差距。

而且，那個差距難以填補。畢竟技能是以至今為止的努力、經驗和才能等等來決定的東西，現在去對抗只有杯水車薪的效果而已。隊伍的差距也一樣，沒找到擁有超越水澤演說力的人，或者好感度超越日南的人的話就沒辦法彌補。那樣子太嚴苛了。也可以說成不可能辦得到。

這種壓倒性的『積蓄的差別』。這正是日南葵本身。

遇到卡關的地方，NO NAME 的遊戲風格就是『藉由壓倒性的努力分量從正面突破』。

這樣的話，這時 nanashi 應該思考的是。

——以存在著顯著戰力差距為前提的，對方的弱點。

我從人脈很廣的深實實問出各式各樣的社團活動內部資訊，計畫作戰。

離開電腦室的我跟深實實，根據我的提案，先前往排球社跟籃球社正在進行練習的體育館。說明接下來要做的事情後，深實實就說了「友崎果然……很壞呢」而惡作劇般地笑了出來。沒有啦，這從某個層面來講也是很棒的正攻法呢。

到達體育館。觀望一陣後，發現小玉玉在排球社的球場一帶拿球走著。她個子很小卻是排球社的啊。雖然跟她搭個話也好，但現在的目的並不是那個，所以總之先交給深實實。

深實實照之前跟我先談好的，去對男子籃球社頭目地位的人搭話。體格不錯又是個帥哥，看起來就是現充。我保持著不會讓身體不由得畏縮起來的距離待機。

「喂——佐佐木～」

「嗯？深實實啊，怎了？」

被叫成佐佐木的男生，從球場那邊走向深實實。

「就是，選舉，活動！」

深實實手扠腰並且挺胸。竄往胸部的放射線狀的皺褶自然地誘導了視線，強調出大分量的胸部。然而被稱呼佐佐木的男人連把視線朝向那邊的舉動都沒有。這、這就是現充。

「啊——妳有參選是不是？好認真～」

「還好啦！畢竟我只有認真這個特長！」

「好噁！」

在莫名其妙的時間點讓「好嗯」登場，現充獨特的對話讓我有點想要逃開。

「其實我是來交涉的呢～」

「交涉？」

「對——！我要實行這樣的政策，所以請投給我公正的一票！這種感覺？」

「哦？說真的，我是打算投票給葵耶。」

「我不想聽～」

深實實用兩手蓋住耳朵。每個動作和說話方式都用有喜感的方式處理。

「所以，什麼東西？政策嗎？」

「ＹＥＳ！政策！」

「吵死了吵死了。」

「總之就聽一聽嘛！說白了就是……我會朝著要購買球的電動打氣機的方向發展，所以要幫我加油，是這麼一回事喔。」

深實實用壞人的神情那麼宣言。

「咦！真假！」

佐佐木很明顯地上鉤了。

對。電動打氣機。我提案的作戰就是這個。

提出對特定社團活動帶來龐大利益的政見，凝聚堅定的支持者。

重點就是，藉由政治分贓行使的政治性買票。這是合法的。

「真的喔～是為了活化社團活動，這樣喔！啊，說是這樣說，不過不是只為了籃球社，要跟排球社、足球社、手球社他們共用喲！」

以此為基底，選擇了讓籃球社、排球社、足球社、手球社這四個社團同時能夠獲得龐大利益的『電動打氣機』這種道具。不只是可以用幾萬塊就買得到的有實際效用的道具，還是可以略過打氣這種雜工的優良物品。能夠讓麻煩的作業簡略化，也是社員們求之不得的吧。

「我同意了。」

「那就請你惠賜公正的一票！當然，不只有你一個人——？」

「哈哈哈，ＯＫ。打氣機，說到做到啊？」

「交給我吧！」

「讚耶！那我也去跟那幾個傢伙講一下吧。」

佐佐木用下巴示意球場裡面。照我看來籃球社差不多快三十個人。

如果這樣子能讓那裡面的八成投票過來，就會變成吸收到了二十張票。

「拜託你了！」

深實實就像這樣乾脆地收集票源。雖然也有靠著『藉由電動打氣機買票』這種作戰的力量，不過比那個更重要的應該是深實實的社交能力吧。如果實行這個交涉的是我的話，應該就會因為『噁心、臉色難看、長相好噁』這種非現充三原則而被撤回，就算沒有被撤回好了，最多也就是變成因為懦弱所以會被利用的便利陰沉角色，也有給人的印象變成狡猾的傢伙的可能性。至少，應該不會像剛才那樣以共犯身分得到善意的接納吧。參考來源是我習以為常的人生。

思考著那種事情的時候，深實實把視線投向小玉玉那邊，讓眼光銳利地閃耀。

「小玉～今天也小小隻的呢～」

她就那樣猛然奔馳，像擒抱一樣抱上去。

「深深!?等一下不能擅自到球場裡，哇!?」

「打擾囉──！」

說著這些話的同時微微掀起小玉玉身上穿的運動服，然後把臉塞進去裡頭。那個人是在幹什麼啊。而且她就那樣從衣襟把頭伸出來。是從小玉玉的運動服中冒出兩個人的頭的狀態。這是怎樣。

「深深，好擠！真的搞不懂妳什麼意思！」

「二合一！」

「啊!?」

然後看起來是排球社學姊的女性擺著傻眼的表情走了過來，敲了深實實的頭。

「妳在做什──麼啊七海。」

「令、令人憐愛的栞學姊！」

被叫成栞學姊的女性登場，令深實實的目光更加閃耀而要往她那邊過去。不過因為塞在小玉玉的運動服裡面所以幾乎沒有前進，深實實好像在細語「真不愧是學姊……我中計了呢」之類的。

那個栞學姊，一邊嘆氣一邊把眼睛對向深實實。

「只是妳擅自鑽進去而已吧……」

「啊，說得也對！欸嘿！」

深實實又清晰地說出「欸嘿」，同時從小玉玉的運動服中把頭縮回去，為了回到外頭而開始蠢動。

「呀！」

然後小玉玉就洩漏出甜美的聲音。應該是深實實又做了什麼吧。

後來深實實沒多久就隨著「噗哈！」這種聲音出來了。

「外面的空氣真清新！」

深實實敞開雙手露出笑臉，小玉玉則是按著肚子呆愣著。

「太、太扯了！」

「沒、沒事吧夏林？」

對於樣子怪怪的小玉玉，學姊擔心地搭話過去。

「肚臍……」

「肚、肚臍？」

小玉玉很害臊地小聲敘述那件事。

「肚臍被舔了。」

「妳這人是白痴嗎！」

小玉玉話說完沒多久，琗學姊便快速地做出反應，輕輕戳了深實實。

「我並不是笨蛋，學姊！今天是帶好消息過來給排球社的！」

「呃，啊？」

深實實就這樣，差不多是乘著混亂的勢頭而硬是把跟剛才一樣的話題推給琗學姊。

「——如此這般，我正以活化關友高中的社團活動為目的喔！」

「嗯……我知道了。如果是那回事的話就想幫忙了，畢竟也不能總是讓田徑社一直活躍啊。」

「謝謝琗琗學姊！喜歡妳！」

然後就順勢乾脆地通過了。嗯，有強角在的話，事情進行的順暢度就是不一樣。深實實果然很厲害。途中也有排球社的學妹之類的人集合過去說著「深實實學姊～！」「妳參選了呢～」「我支持妳！」之類的話而受到仰慕，能和社團跟學年都不同的人們有這樣的關係到底是怎麼一回事呢。

想著這樣事情的我，一直忍耐著在場的籃球、排球社社員的『那傢伙誰啊？一直待在體育館裡的說』這種視線。畢竟這裡沒有弱角能做的事情，所以這也是沒有辦法的呢。

然後在體育館辦完事要離開的時候，深實實對小玉玉說了這樣的事。

「啊，話說回來小玉，摸看看自己的背後？」

「背後是說……咦。」接著小玉玉就對深實實瞪眼。「……深・深～？」

小玉玉眼神蘊含著怨念紅起臉的同時，走到牆邊開始對背後動來動去。

「怎、怎麼了？」

我小聲地問了深實實之後，她就一邊說「指尖的魔法！」一邊用食指、中指、拇指彈出聲音給我看。琹學姊好像察覺到了什麼而細語著「是在舔下去的同時做的嗎……真敏捷的傢伙」，是混合著佩服跟傻眼的語氣。什麼什麼是怎麼一回事？

結果沒有告訴我真相。不過在那之後，我跟深實實也在外面的操場上繞了繞，跟足球社還有手球社談好，成功地集聚了總共百人以上的『堅定的支持者』。

＊　＊　＊

回家的路上。深實實開朗地對走在身邊的我說話。

「說起來進行得很順利呢——友崎真能幹耶！」

「沒、沒啦……要是沒有深實實去交涉的話就辦不到喔。」

兩個人一起離開學校，而且連離家最近的車站也一樣。變成這樣也是當然的吧。

這雖然是第二次獨自跟深實實一起踏上歸途，不過我沒有做心理準備。

「這樣子能不能打一場漂亮的仗啊？」

「呃——我想想。這樣子至少達到底標，並不是沒辦法跟她戰鬥……我是這麼覺得。」

一邊掩蓋一起回家的緊張一邊這麼說。雖然我想試著肯定她而說得比較模糊，不過到底如何呢。關友高中的學生總數差不多快六百人。一百多人的支持者……說真的還不夠。不，如果是一般選舉的話，應該可以說非常有利吧，但對手可是那個日南。考量到那方面，甚至會覺得還是不利。那麼該怎麼做……？

單單兩人一起回家讓我緊張，沒辦法好好集中思緒。

可是像這樣子走在她身邊，儘管我自己在人生這款遊戲之中壓倒性地輸了，不過我的身高比較高、體格也不錯，該怎麼說，她會讓我有那種「她果然是女生啊」的理所當然的想法。

「怎麼？一直盯著我看？果然要告白!?」

「才、才不是咧！」

我焦急地對她吐槽。深實實有精神地笑著而晃動書包。那樣的動作讓掛在書包上的吊飾搖晃。

「……那是什麼？」

我的眼光對向那個吊飾。某種條紋圖樣而且配色奇怪的，像是土偶一般的大型吊飾掛在上面。之前有掛著這種東西嗎？

「哦！你眼光不錯！這個，是我前陣子一見鍾情買下來的！」
「呃，哦。」
是設計莫名有夠微妙的吊飾。不知道該怎麼反應。
「怎樣!?很可愛吧!?」
我說了「咦咦!?」而驚訝。這、這個很可愛？
然後這時我想到也有對泉用過的，像水澤那樣的戲弄人的方式。
「不，有夠奇怪的。」
「咦——！沒啦沒啦！超級可愛的說！」
深實實笑了出來。哦哦，又變成了好像很要好的樣子。很猛啊水澤。這個手法用起來有夠方便的喔。
「因為這個……像土偶一樣。」
「就是那樣才可愛嘛！真是的——！你不懂耶～」
深實實嘟起嘴巴的同時，也用著好像挺快樂的聲音這麼說。好猛啊水澤方法。
不對。這東西一定不可愛啊。
「說回選舉的話題！明天應該做什麼才好呢！擔任腦筋的友崎兄！」
深實實像之前那樣，手擺出拿著麥克風的姿勢靠到我嘴邊。
「唔～嗯……我想想。這種狀況下該做的事……」
我思考著。

為了贏得這場選舉。為了攻克完美玩家 NO NAME 的空隙。

這場戰鬥的核心——在於深實實跟日南『對於對戰的意識的不同』。

講白了，這次日南她有疏忽。雖然說是疏忽，不過那並非『因為游刃有餘所以放水』那一類傻傻的疏忽，而是『覺得我們這邊不會對勝利執著到這種地步而戰鬥』這種層面的，妥當的疏忽。

選舉這種東西用常識來看的話，候選人該當成目標的就在『凝聚更多支持者』這一點。所以日南她應該會以為深實實的行動方針，是以『凝聚更多支持者』這種正當目的為目標。實際上，在我當上『腦筋』之前的深實實就是那樣做的。

以此為前提，日南要取勝的話，對她來說勝率最高的戰法就是『跟深實實一樣，盡可能凝聚許多的支持者』。畢竟要是有著原本的力量跟至今積累的東西都無法被推翻的差距，跟對手在同一個戰場上，用同樣的戰法打擊對手，那樣子發生計算之外的敗北可能性就會非常地小。

而現狀是，日南照著那個理論朝著『凝聚更多支持者』的方向戰鬥。

另外，那也跟 NO NAME 的『藉由壓倒性的努力分量從正面突破』的風格一致。

也就是說，在那方面是贏不了的。那個戰場、那個戰法是日南的專利。只能拋棄掉了。

所以我剛才在體育館買票之前，對深實實做了這樣的提案。

「以百分之五十五為目標吧。」

對。從一開始就捨棄『凝聚更多支持者』這種方法。先把百分之百中，有百分之四十五會把票投過來的可能性完全都丟掉。取而代之的，是把擁有的所有手段全部投注在剩下的百分之五十五。日南為了『凝聚更多支持者』而以百分之百為對象活動著的同時，我們這邊只集中在百分之五十五，只去鞏固那些人。用這種戰法的話，力量差距就算將近兩倍，也可以打一場漂亮的仗。

這種想法連結到使用『電動打氣機』，在特定範圍帶來龐大效果的活動。我在那個時候，也這樣說明過。

「——因為單以勝負來說，『得票率百分之百』跟『得票率百分之五十一』，有著同樣的價值啊。」

選舉是取得最高的得票率就會勝利。也就是說關於輸贏，只要拿下過半數，之後再怎麼多也只是自我滿足的世界罷了。

當然日南她不可能不知道那種事。可是，那傢伙是用正攻法的人，所以不會那麼選擇。要是她知道深實實從一開始，就用『以百分之五十五為目標的戰鬥方式』那種不擇手段的戰法就另當別論，不過她應該幾乎沒有想到那種情形吧。

所以這就是趁隙攻擊她的弱點。某個層面來講便是單純的出其不意。

只是確立好對抗日南的戰鬥方式的對策而已，沒辦法對抗除此之外的戰鬥方式。這是日南如果擬好了針對我們的戰法更進一步的對策的話，就會瞬間崩毀的沙上城堡。

不過這樣就足夠了。為了對抗之前環境中的主流戰法（top meta）而擬定的對策，就是現在這個環境下最好的戰法。這種事情，在拚輸贏的世界之中是很常見的。

「……喂——友崎～？明天呢？」

「啊，啊啊。」

不行不行。又下意識潛入了腦袋裡的世界了。

「還是很難吧～？」

「嗯……我會想想。」

實際上，雖然想了很多，不過要在一天內凝聚像剛才那麼多支持者的方式，沒有那麼容易想出來。

「說起來，友崎為什麼想贏葵到那種地步啊？」

深實實突然問道。

「問為什麼……？」我有一點困惑的同時說了，「……跟之前說的原因一樣啊。」

「因為喜歡遊戲，所以對手愈強就愈熱血沸騰嗎？」

「嗯，對，就是那樣。」

「……只有那樣？」

深實實更進一步。

老實說，並不是只有那樣啊。說起來，如果是因為喜歡遊戲這個理由而想贏她的話，問題就會變成為什麼不是平常就在讀書或者運動之類的比個輸贏？那的確是不太能構成理由啊。

深實實雖然嘴形好像在笑，不過是用感覺在懷疑人的表情看著我，就老實說吧。畢竟要說現在等級還低的我能做的事，差不多就是把思考的事情直接說出來了。

「……我，AttaFami 很強的說。」

「咦，怎麼突然講這個？」

「沒啦，其實，日南也很強喔。」

「啊──原來如此！」深實實看來聽懂了。「也就是，你要從葵那邊扳回一城嗎！」

我歪了歪頭。

「扳回一城？」

「啊，不是嗎？因為輸在很有自信的 AttaFami 之類的。」

「啊啊。」我苦笑著。「不是那樣，AttaFami 我有打贏。」

「咦！是這樣啊!?」

能在某個部分贏過日南已經值得驚訝，她的反應給人這樣的感覺。

「嗯，是啊。可是日南她，大概在我目前為止對戰過的 AttaFami 玩家中是最強的吧，那傢伙也是第一個讓我覺得說不定總有一天會被打敗的對手喔。」

「喔，哦。」

深實實像是十分驚愕般地聽著我說的話。

「不過該怎麼說呢，我啊，在人生中是輸給日南輸得慘兮兮吧。不管怎麼做都不會贏，就連總有一天會贏的願景也看不見啊。但是，我唯一認同的，名為日南葵的AttaFami玩家的主戰場就是『人生』。」

「啊哈哈，把人生講得簡直跟遊戲一樣。」

那真的就是遊戲啊，事情就是這樣。

「也是啦。可是『人生』是遊戲的話，不只是跟那樣的日南葵對打AttaFami，我也有想要在那傢伙的主戰場『人生』裡頭跟她對戰看看的想法。我好歹也算是個玩家啊。不過，我知道現在的我沒有辦法贏她……」

「啊……所以才會。」

「嗯，應該說，我覺得，跟深實實合作的話說不定會贏。」

「原來如此啊～也是，是那樣的話應該能接受。」

我沒有摻進謊話說明了動機。AttaFami是日本第一之類的事情，因為總覺得害羞所以就沒有說出口。我從日南那邊學習人生課程的事情當然也沒說。

深實實說著「嗯嗯，真是青春呢」之類的話，同時也微微地點了好幾次頭。

不過，我很容易就被套出話來了。這就是所謂現充的對話技術嗎？這樣的話，我也來模仿看看吧。之前也被說要去偷學深實實的對話技巧，實際上我也有點在意。

「……深實實呢？」

「嗯？」

「深實實，為什麼想贏日南想到那種地步？」

我就像剛才被深實實問的那樣，用問題回她。如同水澤方法，我覺得把對話抄過來果然很重要。

「……嗯～～」

深實實困擾般地笑出來，讓視線徘徊在半空中。

啊，我有樣學樣所以跟對方的距離拉得太近了？

「啊，抱歉。」

「不，不會，沒問題！並不是什麼很重大的理由。」

深實實搔了搔臉頰的同時，視線還是一樣保持著浮空狀態，並且開始說話。

「那就在這裡問個問題！日本第一高的山是哪一座呢？」

不知道為什麼突然充滿精神地出了謎題。深實實恢復了平常的開朗表情。

「突然要猜謎？」我有點不知所措不過還是回答了。「富士山吧。」

「正確答案～！叭叭～！」

「喔，喔。」我不知道該怎麼回應。

「那下一題。」深實實露出賊笑。「在日本，第二高的山是？」

深實實的目光深入我的眼睛，投以衡量我般的視線。

「咦，第二高……是哪座啊？呃……」

「噗噗～！時間到～！答案是……『北岳』！」

深實實豎起兩根手指頭。

「北岳嗎……我不知道。」

「是吧！」深實實開朗地笑了。「好，那下一題！美國的第一任總統是？」

這個就知道了。

「喬治・華盛頓。」

「嗯，正確答案！那麼……第二任總統呢？」

深實實又像是要測試我一樣，輕鬆地把問題拋過來。

「呃……是誰啊？」

「好，真可惜～！正確答案是約翰・亞當斯！友崎，不擅長世界史～？」

「不、不知道呢。」

我不太抓得到這些謎題的意圖，然後深實實的表情變得比剛才還要認真一點點。

「那下一題！五月的體育考試，女生的綜合排名第一是誰——？」

接下來深實實露出了溫和而且別有深意的微笑。這樣子是——

「日南，沒錯吧。」

「嗯正確答案。那麼，」深實實柔和地歪了頭。「第二名，知道是誰嗎？」

然後她對上我的眼光。

「……不，我不知道。」

「對吧？也就是呢，是這麼一回事喔！第一名非常顯眼又會變得很有名，可是變成第二名的瞬間！價值就會一口氣降低！」

——價值降低。

這個時候，我覺得我察覺到了深實實想說的事。

「那麼……那個體育考試的第二名是？」

深實實的表情只有一瞬間帶著寂寞，像是倒抽一口氣一樣僵住表情，然後又恢復平常的笑容。

「對！第二名就是小女子我七海深奈實！怎樣？其實我很厲害喔！你知道嗎？」

「不、不知道。」

「對吧！不過就是那麼一回事。啊，順便跟你說我的課業也是，一直到一年級的學年期末考都是第二名喔！前陣子的期中跟期末掉到第三名跟第六名就是了～」

我很驚訝。我們學校也算是升學學校，那樣子真的是很厲害。

「呃，是那樣嗎？明明看起來就沒有那種樣子。」

我因為驚訝，不禁老實地把感想說了出來。

「等一下喔你那樣很失禮！」深實實咯咯咯地笑著。「可是啊～大家都不知道呢！其實小女子我七海深奈實，是文武雙全容姿端麗，如同日本傳統女性的美男美女……」

「不對妳並不是美男吧。」

「哦，果然很嚴謹呢友崎！不過其他方面你是認同的吧……好・體・貼！」

「煩死了！」

「啊哈哈哈！」

我就像是順著深實實的步調一樣努力地吐槽。

深實實大大地張嘴而笑，恢復嚴肅的表情。

「不過嘛，就是那麼一回事。」

深實實低著頭微笑，用力地踹起小石子。

「……這樣啊。」

我都不知道。因為日南厲害過頭的關係，她常常處於陰影之中。

我帶著不由得想別開目光的心情走著的時候，深實實並不是以平常那種過剩的開朗閃耀的笑容，而是無常的，帶點好像會就這樣消失的感覺的微笑，說了這樣的話。

「所以，我想要贏過她呢。」

＊＊＊

隔天的星期三。深實實在跟昨天一樣的地方進行選舉活動，山下學妹也讓人看到了比較熟練的模樣。日南在兩棟校舍的入口之一，跟昨天不一樣的地方活動，看樣子是為了追求效率，想讓使用每棟校舍的人都可以聽到自己的聲音吧。不愧是日南。這樣的話，一般來講會造成威脅，不過呢，這反而也證明了日南正朝著『凝聚更多支持者』這樣的方向戰鬥，所以，我覺得很好。對策有刺到點。

然後，第四節課前的休息時間。

我就像平常一樣前往圖書室，跟菊池同學一起看書……一邊假裝這樣，一邊檢討著戰法，就像跟菊池同學說上話之前的樣子。

不過，那並不是在檢討 AttaFami，而是選舉的戰法。

——那樣子，一定想要贏啊。

至少在我想像之中，深實實想要贏的想法是真切的。不想輸。想要贏。

一直只能待在第二名。一直沒有贏過日南。可是，這次真的想贏。

我不相信有什麼身為玩家的才能，就算有的話我覺得那也只是『會不會不服輸』而已。深實實跟我是一樣的。

這樣的話就只能上了。

當然我也是——在人生中也想要贏過 NO NAME，這種念頭說不定會被其他人覺得幼稚，不過這就是身為玩家全心全意的想法。

既然如此，要是不在真正的意義上把所有的最強招術都出完，之後就會留下後悔。

「……人生的規則、利害的一致、說服發言力強的人。也就是操作『氣氛』……」

我面對著安迪著作的書本，同時像是考察 AttaFami 的戰法時一樣閉上眼睛，把日南教給我的規則每一個要素抽象地分解，再具體地重新構成，想像結果，檢討著手段。

「呃……你說了什麼嗎？」

「啊，不，沒、沒什麼。」

「是……這樣子嗎？」

菊池同學對我這邊投以觀察情形似的視線。我碎碎念出來了啊。反省。

對不起，菊池同學。可是我非贏不行啊。

現在在想的，是深實實在全校集會時的演講應該要怎麼辦。

決定全心全意把 AttaFami 玩到極致的時候，我一開始做的，是不假思索地模仿我覺得當時 AttaFami 最強的玩家 Zero。我就像那個時候一樣，現在正不假思索地模仿著我覺得在人生中最強的玩家日南葵。

可是，日南應該也一樣。雖然我不知道她是如何讓人生登峰造極的，不過至少關於 AttaFami，她鐵定是先從沒花大腦地模仿我的玩法開始。

以那麼做為基底，讓每一個動作熟練起來，或者在我的戰法的延長線上設想對策。她是以那種方向進行打算超越我的。從模仿開始的洗練。在那之後也對戰了好幾次所以我知道，那傢伙，現在在 AttaFami 裡頭當成目標的，是非常單純的事情。

努力向上，把我的戰法拿去磨練，把精準度提升得比我高，再從正面擊潰。

也就是 NO NAME 的遊戲風格『藉由壓倒性的努力分量從正面突破』。

並不是主張自己的正確性，打算在自己的規則之中戰鬥。

而是在其他人建立的，有著本來就已經存在的規則的戰場上頭，獲取勝利。

那傢伙就是那樣。

可是啊日南，我最初確實也是從沒腦地模仿開始。像那樣子持續努力提高精準度，獲取勝利的做法，我也是過來人。

不過，我並不只有那樣。

我從日南那邊聽到『在原本存在的規則之中戰鬥』這種話的時候，想過我自己的戰法是不是無法適用於『人生』。不過隨著那種想法，同時也湧起了疑問。

所以，這次我想要試試看。

NO NAME 開始玩 AttaFami 還只有幾個月，所以不知道也說不定。

在半年前發生的，關於AttaFami的價值觀的變化，是藉由誰而引起的。

——我想要，試試看nanashi的遊戲風格，是不是也能夠適用於人生。

「友崎同學……？」

「……呼啊!?」

落入思考的底層的意識，被垂進來的一縷光之絲線拉上去。

菊池同學緊緊盯——著我的臉。

「嗯？怎、怎麼了？臉，有點奇怪嗎？」

如果她回以肯定的話，我就要說『本來就奇怪了所以別在意』，我做好這樣的準備。

「不……你的表情該怎麼說……」

表情？是怎樣呢，是不是專注於思考而傻傻地張大了嘴巴呢。

「呃，嗯。」

「比、比平常……還要凜然，所以……我嚇了一跳。」

「凜然……!?」

我的臉由於預料外的話語不禁發燙，菊池同學也不知為何用手指點著嘴巴把目光別開。噢真危險，差點就對她墜入愛河了。

＊　＊　＊

放學後。前往食堂的我跟深實實坐在窗邊的位子，一邊吃冰一邊開始會議。

「首先有件事想問。」

「嗯嗯。」

「後天全校集會的演講內容還沒決定好？」

「嗯——我是試著想了幾種方式，不過沒什麼辦法定案呢～」

深實實用調皮的語氣這麼說。

不過我對於那番話，不合時宜地覺得可以做我想做的事情而安心了下來。

「這樣的話……」我把之前思考的事說出口。「腳本交給我處理看看，這樣子，如、如何？」

「欸？」

深實實發出了一整個狀況外的聲音。這也是當然的。

我自己也瞭解我說了過頭的話。

「呃，這該怎麼說呢，那個，深實實擅長跟人說話，交涉之類的很拿手……所以我覺得把時間花在那種公開的事情上比較好喔。」

「算擅長嗎？不過，原來如此！」

對於我意識著事先考慮好的利害關係而說服她的話語，深實實表示謙虛的同時也接受了。

「而且，我擅長思考那種像是作戰一樣的東西……所以就交給我，深實實集中在交涉上會比較好吧。我會在深實實做別的事情的期間思考演講腳本，完成之後會讓深實實確認，再用那個腳本演講，這樣。」

「原、原來如此。」深實實讓目光朝下思考。「……你覺得可行嗎？」

應該是指有沒有辦法靠那個方法得勝的意思吧。我從正面看著深實實的臉。

雖然有著不安要素跟對自己沒有自信，還有深實實會不會相信我之類的，各式各樣的懸念，不過也有著些許的確信。

「我有……決心。」

深實實望著我的表情一陣子。然後微微地點了頭。

「嗯！就是適材適用，互相扶持的意思呢！我不討厭那樣喔，腦筋！」

充滿精神地講出這些話，非常非常用力地拍了我的肩膀。

「好痛！」

我輕輕摸一摸被拍的肩膀，然後說起「那麼，我也有想過希望深實實今天去做的事……」而跟深實實討論起作戰。同意內容的深實實一個人前往校舍。這次要她做的是——對低年級學生的懷柔。

然後說到我這邊，我把剛才在圖書室思考的腳本細節再多加一點琢磨之後，前往了體育館。我想要確認看看，自己想好的某個作戰是不是有可能實現。

「失、失禮了～」

姑且用沒有人聽得見的聲音一邊說一邊進去。

體育館裡頭，就像之前跟深實實來的時候一樣，籃球社跟排球社各自在練習。我從那些人之中找尋小玉玉，繞著體育館的外圍到她附近。

「小、小玉玉——」

我以戰戰兢兢的感覺叫她。

「友崎？怎麼了？」

「其實有事需要妳幫忙……是關於深實實選舉的事情。」

「嗯。幫忙是幫什麼？」

這女生跟小小隻的外表相反，說話的方式還挺直接的啊。她跟深實實很要好，我想大概是知道我有在幫忙的事。

「有辦法花一點點時間，離開一下嗎？」

「……」小玉玉不發一語地環顧周圍。「你等一下喔！」

然後，她快步朝著球場內的栞學姊跑過去，兩人講了幾句之後，她又往我這邊跑了過來。

「說是沒關係。幫忙是指？」

小玉玉頭朝上，以直率過頭的視線注視著我。還是老樣子，她的視線與其說帶有惡意或者善意，給人的印象就只是單純直率地凝視人。

「我希望妳不要追問詳情……」我拿出智慧型手機。「我現在要去比較遠的地方放音樂，想請妳能告訴我聽不聽得見。」

小玉玉看了手機之後，又筆直地看著我的眼睛。

「只要打信號給你就可以？」

「嗯，就那種感覺。」

「我知道了！待在哪裡才好？」

話題很快就接了下去。沒有什麼疑問之類的嗎？

「呃，在這裡應該就可以了……」

由於那樣的不協調感讓我的話語不夠肯定。

「應該？」

「啊，不，我在想，妳不在意為什麼要做那種事情之類的嗎？」

然後小玉玉「咦？」這樣歪頭之後。

「因為，你不希望我追問詳情啊？」

她這麼說。感覺有夠冷淡的。

「呃，不過確實是那樣啦。」

我因為多少感受到的不協調感而讓說的話亂掉了。小玉玉的表情沒有改變。

「還有，是為了深深的選舉吧？」

她說話時的樣子看來沒有其他的意思。

「呃，嗯。」

「那我就幫忙！深深也說過沒關係了吧？」

「是、是啊，有說過。」

「我知道了！那我就在這裡聽。」

「啊，呃，謝謝！」

以這種感覺結束了對話。該怎麼說，果然是給人非常直率印象的女生。日南好像也說過最近很少有這樣的人吧。

我急忙開始本來想要做的確認。

首先是在體育館的最後面放出聲音。然後小玉玉就用兩手比出大大的圓圈。原來如此。

接下來，我在設於體育館上部兩側、像是室內看台一樣的空間放出聲音。小玉玉比出圓圈。

我就像那樣到了舞台後面的簾幕裡頭、收納椅子的大型抽屜等等，在幾個地方用手機放出音樂，確認能不能讓人聽見。

我回到靠近小玉玉的地方。

「謝謝。」

「結束了？」

「嗯。啊，哪裡是最容易聽得見的？」

「嗯——」小玉玉指著兩側像是看台一樣的空間。「那邊。」

「OK……謝謝。」

好。這樣子就離作戰實現更進一步了。

我的目的已經完成，沒有什麼特別要說的話所以就講了「那先這樣」，打算回去食堂加強腳本準備調頭離去的時候，小玉玉忽然開了口。

「友崎！」

「嗯？」

我轉向小玉玉那邊。

「選舉啊。」

「嗯？」

小玉玉她，露出似乎在擔心著什麼的表情而看著我這邊。

「不要讓她，努力過頭喔。」

「咦？」

我一瞬間，沒辦法理解那番話的意圖。

「因為深深她，」小玉玉瞬時露出看起來很寂寞的表情。「很容易努力過頭。」

「呃、嗯。」

我一邊疑惑一邊點頭。

「雖然我想她不太會讓人看到那樣的行為。」

「……喔。」

那番貫注全力的話語。我晚了一步到這個時候才理解。小玉玉她剛才是真的純粹擔心著深實實，而且把那擔心的思緒，直率地傳達到我這邊來。

沒有任何的意圖。將原原本本的意思，直接化為話語。

「畢竟她老是說沒有在勉強，卻還是會去勉強自己。」

「……也是啊。」

小玉玉敘述的深實實形象，有著就連相處不久的我也能理解的部分。

「所以，你要注意她這方面喔。」

日南有一次曾經說過。小玉玉她，是可以把赤裸裸的心思，直接化為言語的女生。

我現在實際地強烈感受到了那點。

既然如此，她那番話就不可能當成耳邊風。

我敲了敲據我所知在這所高中裡面最靠不住的胸口，利用表情肌肉笑給她看。

「交給我吧！」

說完，小玉玉便開心地用力指著我的臉。

「交給你了！」

小玉玉滿足似地轉向後方，要回球場去。

這時我忽然想到。說起來，深實實之前弄的那個，結果我沒問出來是怎樣呢。

現在，問當事人的話說不定會告訴我。直接問看看吧。

「啊，對了，前陣子深實實說是『指尖的魔法』的那個，是對妳做了什麼啊？」

然後小玉玉的臉就染得紅通通的轉回來，用力地用手指指著我，充滿氣勢地說。

「那種事不要問女孩子！」

被警告了。問女孩子，是指什麼啊？謎題愈來愈深了嗎……

＊　＊　＊

辦完事之後我回到了食堂，讓腳本更加完整的時候，深實實也回來了。

「喔，事情怎麼樣？」

深實實比出ＯＫ的手勢，再讓視線透過手勢看過來。

「非常到位！」

我也乘著那個勢頭接下去，用表情肌肉擺出笑容並豎起大拇指。

「ＮＩＣＥ！」

然後深實實她就啊哈哈哈哈！這樣大聲地笑出來。喔，成、成功了？

我也變成已經可以順著這種氣氛了嗎！

「好糟……！那跟平常的落差大過頭了吧……！」

她那麼說而咯咯咯笑出來。啊，是那麼一回事嗎，是因為平常很陰暗的傢伙突然做了奇怪的事，才會那樣子笑出來吧，不過這樣也正常啦。

「動作太……動作太……」

深實實一邊說一邊重現我那種很僵硬的動作。別這樣，不要對我追擊。不過我是做了那樣的動作嗎？那當然會笑啊。需要精進。

「比、比起那個！」我臉頰發燙的同時這麼說。「……妳去了幾個班級？」

「呃——因為有兩個班的班會還沒開完，後來就去了那兩班……噗呵呵。」

深實實一邊帶著剛才發笑的餘韻一邊回答。別這樣別這樣。

「這樣啊……感覺剩下的要明天再去了。」

「對啊～再來就看他們會相信到什麼程度了呢。」

我也覺得如此而點頭。

「不過友崎有夠壞的耶～欺騙可愛的一年級生真的好嗎？你這傢伙！」

「妳在說什麼啊，我可沒騙人喔。當選的那一刻就會真的盡全力去做，所以沒問題。」

「啊哈哈，也是啦！」

「而且也沒有約定能不能實現。只是說不定真的能夠實現而已。」

「也對呢！當選的話就會認真去爭取囉！**冷氣**！」

對。我對深實實提案的就是，『藉由冷氣，對一年級學生懷柔。』

要做的事情十分地單純，放學後剛開完班會，或者上課、班會開始之前的班級幾乎所有人都在。潛入那樣的班上，一間一間做出「我當上學生會長之後，發誓會全力爭取讓每個班級都能裝設冷氣」這樣的演說，就是這麼一回事。這裡頭很重要的是，只到一年級學生的班上去這點。

要說為什麼選一年級，是因為比我們二年級還長一年的三年級學生，已經知道『冷氣不會那麼簡單就能裝』了。

所以那個方法對二～三年級的學生來說，不只沒辦法得到共鳴，還會因為『提出不符合現實的事情』而損害信用，甚至有失去票數的可能性。

不過，一年級的學生才剛剛當上高中生。是入學之後都還沒過三個月，才在七月的階段，會覺得『說不定學生會長認真行動的話，裝設冷氣就不會是一場夢』也是正常的。而且，聽過深實實熱情的演講就會讓那種想法更加強烈。

有沒有冷氣這種事對高中生來說，是無可比擬又偉大的至高命題。明明現在教室裡有裝冷氣的學校就很多，關友高中卻到現在都還是沒有裝設。就因為這樣，只要在那方面帶來希望的話，那些學生就有辦法成為『堅定的支持者』。

當然話語中不能帶有謊言，所以深實實當選學生會長的時候，就真的要為了裝設冷氣奮鬥。不過在那之後經過一年，他們變成二年級的時候。如果裝設的事失敗的話，也只會覺得『算了，說真的考慮到實際狀況的話還挺難的呢』這樣子吧，我這些想法是懷有願望感覺的預想。

「啊，還有，關於演講的腳本。」

「哦，來了呢！感覺如何感覺如何？」

我一邊把紙攤開一邊開始對深實實說明。不過，全部都是現學現賣的就是了——

首先要在演講中得到大家的支持，就必須操縱『氣氛』。

可是，操縱全校集會那種規模很大的群體的氣氛並不是簡單的事。

在那種情形下，對於操縱『氣氛』有效果的武器大概是……那個。

我回想著到現在為止我覺得最厲害的『操作氣氛』的方式——也就是，日南在家政教室幫助小玉玉時的事情。

「一開始，我希望妳能讓大家笑出來。」

「嗯嗯……呃，咦!?」深實實感覺像是乘著驚訝的勢頭吐槽。「等一下等一下！要讓人笑說來簡單，可是也並不是很容易的事情喔！」

啊，果然是這樣呢。我點了頭。如果這時深實實是「交給我吧！」這樣的反應就是最輕鬆的情況了，那麼，就說說看我的計畫吧。

「也是啊。這種時候，如果要巧妙地，像是藝人一樣有趣地裝傻的話，做起來非常地難……沒錯吧？」

「那是當然的啊！那真的沒辦法啦！」

「不過——」

「不過？」

我用當時日南的做法，還有這幾天深實實的說話方式——靈敏地改變音色的同時，會讓人聯想到日南的說話方式來改變自己，並且回想著深實實的機敏。

「用圈內哏的話，就有辦法。」

我是這樣想的。

「……圈內哏？」

深實實歪頭。對。的確，用正統派的方法引人發笑很難做到。

不過，以只有狹小範圍內聽得懂的哏的話，想必是可行的。

就像那個時候，日南做給我們看的一樣。

「具體來說，就是模仿川村老師。」

深實實一瞬間，像是在思考什麼東西一般地讓視線朝下，然後笑出來。

「啊哈哈，原來如此……嗯，我覺得有辦法。那樣大概能炒熱場子！」

好。也得到深實實的許可了。我安了一個心。

對。我們的班導川村老師。因為身為學年主任的關係而常常在集會的時候發言，所以全校的學生都知道她那種具有特徵的說話方式。就是要模仿那個。

「太好了。那麼就把它放進開場白的部分。那麼，接下來要談最重要的演講內容。」

「哦！等很久了！」

我一個一個想起日南教我的『讓自己的提案通過的方法』，然後把那些東西當成用來打倒日南的武器，開始說明。

「用對大家來說聽起來不錯的政見構成主要的部分。」

首先是『利害關係的一致』。盡可能讓更多的學生覺得『自己有得到好處』。

「嗯。跟思考政見宣傳小紙之類的時候一樣呢！」

深實實這麼說。就是那樣。不過，只有一點點不同。

也有用上另一個法則『說服發言力強的人』的必要。

「不，有一點點不在意就不行的情況。」

「不在意就不行……啊啊，這樣啊。」深實實看來也發覺了。「老師的眼光吧。」

對。這次跟只發給學生的紙不一樣，也一定要讓老師那種對於學校內的決策擁有很高權限的人物接受才行。如果被他們駁回的話，拿到的票也會沒有意義。我點了頭。

「要是沒有讓老師覺得鬼正，就不行了。」

「出現了葵說的話！不過覺得用法微妙地不一樣的說！」

我擺出帥氣的表情之後，馬上就被吐槽。

「是、是這樣嗎……所以啊，我擬了會讓所有學生覺得『自己會拿到好處』的政見，而且底線是讓內容維持在不會被老師阻止的程度。」

說是這麼說，不過也不是什麼很奇葩的內容。還在前陣子提的政見的延長線上。

我讓她看腳本的內容，並且進行說明。深實實十分認真地聽了我說的話。

「嗯，原來如此呢。我覺得不會危險！」

看來是同意了。對。到這裡為止都還沒有危險的地方。

「說真的，能有足夠的說服力把裝設冷氣講成政見的話是最好的，不過不可能那麼做啊。這樣的話我覺得那部分就是妥協點。」

「是啦那個真的沒辦法！」深實實邊笑邊說。

「那麼，最後一部分。這其實是最重要的地方——」

然後，我把要在最後發動的，動了一點手腳的東西說明出來。

「——用這樣的感覺結束演講。」

到這邊，我的腳本就結束了。

我好奇她對這個腳本的想法，緊張的同時等待著反應。

仔細一看，深實實很興奮似地讓嘴形轉為賊笑，然後目光由下往上看著我。

「……友崎你啊，真的是詐欺師！」

她把手臂舉高，再朝著我的肩膀把手臂揮到底。又是這招。不過我也已經中招很多次了所以能看穿她的動作，在差點中招的時候做出閃避。咻。

「……啊咧？」

「哼，太天真了！」

我像小玉玉那樣用力地比出指著臉的姿勢這麼放話。

然後，深實實又說了「落、落差太……動作太……」之類的話開始噗呵呵呵地笑著。所以就要妳別那樣了嘛。我不會再做了……

不過，她下了可以進行下去的指示。接下來就只有明天再琢磨細項，還有正式上場了。

＊　＊　＊

隔天早上。正式演講前一天。我比平常還要早走出家門。今天深實實應該會去還沒開早上班會的一年級教室，實行藉由裝設冷氣的懷柔作戰才對。我斜眼看到日南還是老樣子，在擺放鞋櫃的大玄關前面對著許多人進行選舉活動而安心下來後，為了看看深實實的情況而前往一年級教室的走廊。

經過幾個班級後，耳朵聽到了其中一間傳出深實實在做『會為了得到冷氣而努力』這種內容的演講。

「寒暄運動之類的東西，已經不需要啦！我啊，在提升學生讀書效率，還有預防中暑的層面上，都想要得到冷氣！當然最重要的，就是因為不喜歡炎熱啦！」

那番話讓一年級的學生們微微地笑出來，凝聚著支持。

果然很厲害啊。如果是我就沒辦法這麼順利了。要是擬定同樣的作戰並且讓我以相同方式行動的話，我是弱角應該會造成不好的影響，而在很多地方都失敗吧。

不過太好了。

腦裡思考過的作戰，以接近理想的形式，直接在現實中重現著。

跟腦裡描繪過的動作，透過手把，讓 Found 去重現一般的感覺。

如果人生就像日南說的一樣是一款遊戲的話，這場戰鬥我覺得真的是很有趣的遊戲。

而且，就是因為這樣，我才想要全心全力地面對這場選舉。

就算是為了把這場戰鬥的核心託付給我的深實實，也一定要贏。

我想那大概就是日南之前說過的，所謂的責任。

「啊。」

午休的時候，我想起來了。

說起來，有說過星期四的放學後要跟日南開會啊。

可是該怎麼辦呢？今天我想跟深實實做演講的最後檢討。既然明天選舉就結束了，我覺得改在明天放學後開會的話也沒關係。

如此這般，我急忙地傳了LINE給日南。

『今天的會議還是別開了，改明天也可以吧？』

然後過了幾十秒，日南傳來回覆。

『是沒關係，不過為什麼？』

我煩惱了一瞬間，而老實地做出回答。

『因為變成要幫忙深實實選舉，還有需要做最後討論的地方，所以我想要好好做。』

然後已讀的標示跳出來一陣子之後，她只傳來了『瞭解』。還真的有夠冷淡的耶。不過沒有裝乖的那傢伙就是這種感覺吧。也沒差。

這樣子，就能全心全意地盡力做到最後了。

「唔哇～！明天就是正式上場啦～」

放學後。就像之前一樣在食堂集合的我跟深實實，討論了明天的事情，還有到目前為止所做過的準備。我們又坐在窗邊的位置吃冰。

「是啊──啊，對了，一年級的教室全部都去過了？」

「去過囉～！評價也非常高！」

「喔喔……」

沒有比知道這個更高興的了。反應很好這件事就是最棒的好消息。

這樣子假設一年級會有八成的票投過來的話，大概就一百五十票左右。用電動打氣機買票的籃球、排球、手球、足球社也假設有八成投過來的話，合起來差不多兩百五十票。因為關友高中的學生大概六百人，也就是說要拿到過半數的話，剩下的三百五十人中，只要藉由演講的內容獲得五十票左右就可以了。就算不考慮對手是日南，也可以說是對我們這邊很有利的賭注吧。

如果兩邊都拿五成的話，就是超過一百五十票吧。從剩下的四百五十人中，再拿一百五十票。考量到對手是日南的話就不是確實的數值了，不過就算那樣，我也覺得是足以應戰的數字。

「接下來就只有明天的演講了呢～」

「是啊。」我深深點頭。「對了對了。演講上，有什麼改善方案之類的嗎？」

「啊，我姑且是有思考看看的說～」

細微的部分的說話方式、看起來可以加入笑料的點等等，深實實把她下的工夫教給了我。修正方案全部都朝著讓演講更歡樂的方向運作，讓我呻吟著「喔喔……真不愧是現充」。這樣那樣反覆練習跟修正的時候——

「欸？是友崎跟深實實啊，你們在做什麼？」

搭話的是水澤。看過去，發覺中村跟竹井他們也一起走向我們這邊的位子。

中村。那起事件之後他對我的態度也是挺硬的，雖然是沒有之前那種積極攻擊我的感覺啦，不過對我來說還是不擅長應付的存在。每次泉跟我說話的時候我感受到的視線，希望只是我多心就好。

奇怪？說起來水澤今天沒跟日南在一起嗎？不，不是那種意思而是指選舉活動的層面。雖然有所疑問，不過總之我保持著坐姿，回答水澤。

「啊啊，沒什麼，是在幫忙深實實的選舉。」

然後中村對我的話做出反應。

「啊？你在幫忙？」他先朝著我說，接下來把視線朝向深實實。「為什麼找友崎？」

「沒有啦中中——其實友崎超級有腦筋喔⁉」

「啊？腦筋？」

中村皺起眉頭的同時，展現出嚴厲的態度。

深實實好像不在乎他那樣，開朗地繼續說。

「對對！凝聚支持者還有演講的腳本之類的，那種東西！」

「欸——真像陰沉的角色。」

中村花零點幾秒就直覺地回以那番話。感覺他從思考習慣的根源就染滿了現充贏家的精神。

「……總之啊，就是沒有努力到那種地步的話，就沒有辦法贏過葵！」

深實實一瞬間露出遲疑的表情，然後像是要圓場似地那麼說。

「嗯——妳說，要贏啊。」

中村他露出像是聽著無聊玩笑話般的態度。

對於他那樣的行為我很生氣。

「理、理所當然，做了就是要贏啊。」

我不知道要怎麼講才好，不過還是朝著中村這麼說，我又搞砸了。理所當然，中村的表情扭曲。

「欸？」他嘲笑似的回應。

「怎、怎樣啊。」

我明顯害怕地對他做出反抗之後，中村就對我跟深實實兩個人這麼說。

「我覺得做了也沒用就是了。」

「迴旋鏢。」

對於中村挑釁的發言，做出插嘴般細語的人，是水澤。

不過他是在說啥？迴旋鏢？

「啊？」

對於中村的追問，水澤以不錯的笑容夾雜著肢體動作開始說話。

「咻咻咻啪嚓——這樣子。自己說的話刺到自己的意思喔，修二。」

「你這傢伙說什麼啊？」

我在這個時候，察覺到了水澤想說的話。也就是說水澤他，對我們——

「沒什麼，反正也沒關係吧。『就算跟對手的力量差距很大，為了彌補那個差距而努力的行為，絕對不是沒有意義』之類的，我會這樣子認為呢～只是說說。」

水澤他笑咪咪的，用如同戴上面具般的笑容這麼說。因為語調也很開朗，所以聽起來不像是在說反抗對方的事，不過這是……

中村只有一瞬間沒面子地把視線移開之後，開了口。

「……這樣喔。不過也沒差啦。」

然後中村就把嘴巴閉上。因為，剛才水澤說的話不管怎麼想都是——

『修二也是為了贏過友崎而練習著AttaFami，不過那也是沒意義的嗎？』

這種意思的諷刺。

「說起來就算這樣也不該找友崎吧。更應該找川崎之類的啊。」

不知道是完全理解那個意思了，還是只有曖昧地覺得痛處被戳到而已。中村把話題移到別的東西上。然後開始用『模仿友崎的說話方式』之類隨便到極點的方式欺負我，中村、竹井、水澤在炒熱場子。水澤，那種事你是會跟著一起搞的啊？不過也沒差就是了。

看了一陣子之後，跟水澤的目光對上了。然後水澤就在一瞬間觀察中村的樣子，並且很快地從對話中脫身，坐到我坐著的椅子旁邊。

「明天，能看到有趣的發展嗎？」

他一邊賊笑一邊說。是講學生會選舉的事情吧。

「怎麼樣呢……嗯，一般般吧。」

「哈哈哈。總之，我會期待的。」

「說起來，今天沒有跟日南弄選舉活動？」

我問著這件事的同時，感覺到胸口湧起了某種難受的東西。不，應該是多心了吧。

「嗯，因為她今天好像要一個人思考演講，有事情要做所以把我甩了。」

「甩、甩了……」

知道這是比喻的說法卻還是起了一些反應，讓我覺得害羞。

「總之就看明天啦。」

這麼說而打算起身的水澤，我說了「等一下」阻止他。

對於剛才跟中村之間的事，我有想說的話。

「嗯？」

「啊，沒，剛才讓你幫我圓場，抱歉……」

「什麼……啊啊，是說修二的事？」

「對。」

我回以肯定之後，水澤就擺出認真的表情這麼說。

「聽好啦，這種時候啊，不該說抱歉，而是要說謝謝喔，文也。」

「呃，啊？」

水澤把那種好像在哪裡聽過、像是名言一般的話語當成說完就走的台詞講出來，站起身子。然後看都不看這裡一眼就去跟中村他們會合，離開了食堂。剛才是怎樣啊，完全不知道他是認真的還是當成哏在講。說起來，他叫我，文也。

「還是老樣子很有精神呢，他們幾個。」

我覺得能夠把剛才那一連串發生的事當成『有精神』來處理的深實實，果然是擁有挺厲害的現充思考。我看起來只是話語跟話語之間的互毆而已喔。

那種言語混戰結束之後，我跟深實實靜下來交換關於演講的意見，進行練習，然後解散了。

今天深實實要等小玉玉一起回去，所以我就一個人回家。

然後在回家的路上，我發覺以前連想都沒有想過的感情，存在於自己心中。

奇怪？回家的時候獨自一人，總覺得有點寂寞喔？

4 師父角色變成頭目的時候可能會猛到讓人卡關

選舉當天。全校集會差不多一個月一次而且大致上每次都是週五，在班會開始的五分鐘後前往體育館，今天要在那邊舉行選舉演講。我每次都在時間很緊迫的時候才過去，不過今天有東西要準備，還有不靜下心來不行之類的理由，就提早過去了。

一個人離開教室前往體育館的時候，看到前方不遠處，日南行走著。只看見背影也能從走路方式的超凡魅力知道是她。到上週之前都還像是每天在聊天，不過這幾天沒說上半點話啊。

我一邊走一邊跟她並列，對她搭話。

跟對其他人搭話的時候不一樣，故意用著挑釁的音調。

「——喲。」

日南只有視線冷酷地朝向我這。

「哎呀，友崎同學。看來挺有精神的呢？」

還是一樣像是諷刺人的語調。

「託妳的福啊。」

「那真是太好了呢。雖然在班上每天都有見到面——不過好久不見了啊。」

日南露出了賊笑。

「是啊——好久不見了，日南。」

我也不禁揚起嘴角。

「笑臉還是一樣讓人不舒服呢？」

「是啊，多虧妳教我的訓練。」

「我可沒打算教你那種東西的說？來看，這是範例。」

日南讓我看見沒有缺點可以挑剔，就算知道是假的也讓人不禁心動的那種，以女生來說很完美的笑容。

「妳才是什麼都沒變吧。」

我說完之後，日南就不服輸地露出賊笑。雖然這並不是那種完美笑容的感覺，不過我覺得，這樣子的表情才最適合這傢伙。

「你好像，做了很多事情呢？」

「畢竟，對手很厲害啊。」

「哦，那你不就很辛苦了？」

「還行吧。不過那種話，只有妳說出來的我不想聽。」

「那還真謝謝你。」

「彼此彼此。」

幾天份的惡言，妳來我往。

「這幾天，挺無聊的呢。沒辦法跟 nanashi 對戰。」

日南一邊嘆氣一邊這麼說。AttaFami 的對戰，也是先停了好幾天。

「哦，是那樣嗎？不過，那樣說挺怪的。」

「……挺怪的？」

我斜眼凝視日南。

「因為 nanashi 在這幾天中，一直都有著跟 NO NAME 對戰的意思喔？」

「嗯——」跟那平坦的音色相反，日南像是很開心地笑了。「——是說我有所期待也沒關係的意思？」

「天曉得，是怎麼樣呢。」

「你什麼意思啊？」

體育館愈來愈近。我加快腳步走到日南前方。然後進入了名為體育館、我們今天的對戰舞台。我往日南那裡回頭。

「只是，已經把 nanashi 最厲害的招數都出完了而已。」

我重新面對前方，前往舞台邊緣的幕後。

＊　＊　＊

『以上，是日南葵粉絲俱樂部注意事項——講錯了，是推薦演講。』

台上男人的聲音從體育館的揚聲器傳出來。會場被笑聲所包覆。

『——水澤孝弘同學。非常感謝你。』

笑聲終究變成了掌聲。水澤的助選演講。內容流暢跟幽默兼具，像是在校舍前看到的演講的延伸，果然是強敵啊。我因為是深實實的幫手，所以可以潛進幕後聽他的演講。水澤往我這邊走過來。

我的身邊有深實實在。她注視著腳本的同時會舔舔嘴唇、碰碰鼻子，看起來靜不下心的樣子。另一端的幕後則是日南在待機。

或許水澤察覺了深實實的緊張吧，看不出他有特別要去搭話的樣子，而是直接從她的身邊掠過。

然後。

『那麼接下來是會長候選人，日南葵同學的演講。請上台。』

這一刻到來了。

日南從舞台另一端的幕後瀟灑地走向舞台中心。她那輪廓的美，還有站在置於中央講台前時的淡淡微笑，只靠那樣就把會場的注意力都吸引過去。

日南迅速地把手臂舉到臉的高度並且讓手心朝向觀眾，然後就那樣直接移到胸口。我下意識地用眼睛追隨著那樣的動作。

『各位早安——我是日南葵。』

在觀眾把一部分的思緒凝聚到手部動作而產生的瞬間沉默與思考空隙中，日南美麗又躍動的音色深深地滲染進去。

日南的演講，開始了。

『能在今天有像這樣進行演講的機會，真的十分感謝。』

以緩慢的動作微微地，低頭行禮。

比起內容怎樣，重點更像是要用節奏捉住觀眾的意識，讓話語跟空白交織。

『這次雖然是學生會會長選舉……』

日南微笑著。裝出來的笑臉可愛到讓人覺得浪費。

『老實說，我覺得或許有許多人會有這樣子的想法。』

日南讓兩手的手掌心朝上，繼續說下去。

『無論誰當上了都不會有多大的改變。』

就像外國喜劇的配音那樣，帶點搞笑的音色所講出來的那番話，微微地引誘著觀眾的笑意。

才剛這樣想，日南的表情又迅速切換成認真的樣子，豎起一根手指。

然後，用甚至令人感受到嚴肅，像是在指責錯誤般的音色，這樣講下去。

『不過，我對於那種人，只有一件事想說。』

日南稍微隔了一段時間，才把豎起來的一根手指直接往前指向觀眾那邊，並且拱起一邊的眉毛，帶點喜感地揚起嘴角，說了這樣的話。

『——的確可以這麼說。』

觀眾大聲地笑了出來。喔喔。做的並不是什麼特別厲害的事情，是單純引人發笑的方式。然而，那個表情跟一瞬間讓人覺得『咦』的演技，那種飛快且敏銳地趁隙進攻的做法，漂亮地掠取了笑聲。就像是被她那番話，還有她的每一個手勢所支配，觀眾陷入了NO NAME的掌握之中。而且就連我，也毫無例外地中了招。

日南害羞似的，顯露可以趁虛而入的笑容。不管是觀眾還是我，都被那副模樣奪走目光。

『這個要當成玩笑其實也……實際上，我認為當上學生會長耗費一年來改變什麼，並不是輕而易舉的事情。』

從這時候開始，氣氛已經完全在日南的控制之下。

『可是，就算那樣也要在能力所及的範圍讓學校生活往更好的方向改變。並不是追尋無法實現的理想，而是從切實的地方改變下去。我認為那就是我該負起的責任……各位，對學校有不滿的地方之類的嗎？』

然後一瞬間，流淌著空白的時間。

『啊，順帶一提，我有非常多。』

忽然露出空隙，讓人感受到未經遮掩的心情的語調。會場被笑意所包覆。

『想必各位，也不是完全沒有不滿吧？比如說──』

這時，日南的嘴角，在舞台邊幕後的我才能勉強看見，微微地上揚而露出賊笑。我有這種感覺。我朦朧地有著不祥的預感。

然後結論是，那並不是我多心。日南開了口。

『福利社的商品選擇不夠多、運動會的規模太小。操場太凹凸不平、想要電動打氣機。還有希望食堂有飯能裝大碗的系統，諸如此類。』

我的思考一瞬間靜止。

因為，日南列舉的幾個學生們應該會覺得不滿的點。其中有著我們思考過的政見的一部分，而且最重要的是，我們『凝聚堅定的票源』的其中一項策略──『電動打氣機』也在裡頭。身旁的深實實也吃驚地抬起臉來。

日南她接下來，繼續這麼放話。

『那樣子的不滿，我覺得，如果能夠照順序全部解決的話就好了。』

這時我發覺了。

──被擊潰了。

從正面。把我們這邊的策略，雖然不是全部，但是把藉由『電動打氣機』收買的票的一部分，用政見得到的支持的一部分，只用一句話就擊潰。

把各種不滿照順序消除。那種強而有力的話語讓觀眾也「喔喔……」這樣興奮起來。

『可是——』

而且看來，並不是只有那樣子。

包括我在內的觀眾，等待著日南接下來的話語。

『像那樣子公布好幾項政見，會顯得雜亂，說不定也會有人懷疑是不是真的能夠實現。所以，最重要的政見，我打算就集中在一件事情上。』

她把豎起來的幾根手指一根接著一根折彎，最後只留下右手的食指。

然後日南她說了『那項政見是——』，並且稍微隔了一小段時間。

這段空白的時間。我又一次有了不祥的預感。那傢伙的推測力、分析力，以及實現力。

還有剛才列舉的不滿之中，有著『電動打氣機』的事實。

而且最重要的是，那傢伙的遊戲風格『藉由壓倒性的努力分量從正面突破』。

並不是主張自己的正確，打算在自己的規則之中戰鬥。

而是站在有著他人立下的規則的戰場上，獲取勝利。

把那幾點綜合在一起思考之後，NO NAME 會推導出來的答案就只有一個，我只能這麼想。

日南緩緩地開口。

『——那項政見就是，「在所有的教室裡頭，裝設冷氣」。』

不祥的預感正中靶心。

「咻～～！」

觀眾群中的某個地方，大概是現充群體中一個權力很強的學生吧，響起了吹手哨的聲音。

然後以那個聲音為契機，觀眾「唔喔喔喔喔喔喔喔喔喔」這樣子興奮到不行……雖然沒有就此變成戲劇般的發展，不過觀眾對於日南剛才的發言有跟周圍的學生交換意見或者閒聊之類的，你一言我一語激起了不錯的漣漪。無論如何都還是莫名帶有熱度的氣氛，這點並沒有改變。

說是這樣說，要在所有的教室裡頭裝設冷氣，根本沒說服力。我也採取了類似的作戰，不過判斷太不切實際反而會失去信賴，所以維持在只對一年級的學生說。雖然也跟深實實說過放在演講裡頭的話最好，不過沒有說服力所以不可能那麼做，我們甚至達到了那樣的結論。

可是日南她，是正大光明地在全校的學生、教師面前，而且把那件事當成『唯一的政見』放話。

那不管怎麼想都是不該出的招數……應該是不該出的招數才對。

可是，她也讓我有了這樣子的想法。

說不定，如果是那傢伙的話，真的可以實現吧？

因為是那個日南葵說的。因為是那個日南葵，當成『唯一的政見』，才把那件事說出來的。

這時我發覺到了。這樣啊。

正面突破。

至今為止累積的信賴。實績。『如果是那個日南葵的話』『說不定就連冷氣都能實現』。藉由那種累積起來的努力所積蓄的信賴，硬是壓過來的正面突破。

而且還有所謂『唯一的政見』這樣的信賴加成。

對我跟深實實來說，『冷氣』是不切實際的政見。是無法熟練運用的武器。

可是日南，輕鬆地把那東西原封不動地完全運用，化為既切實又強力的政見展現出來。

也就是說，那單純只是積累的差距。

『我想，各位都覺得去年的夏天很難熬。與其這麼說，今年也已經開始覺得難受了吧？』

日南順著勢頭立刻進一步追擊。

『實際上，裝設冷氣或許是很難的事情。畢竟關友高中建立到現在，一直都沒有裝設。不知道是不是被埼玉縣討厭了呢？』

又引人微微發笑。

『可以思考出各種理由。因為在用地上，跟其他的地區比起來，夏天並沒有熱到那種地步。因為我們學校雖然升學實績不錯，社團活動卻沒有什麼實績等等理由。』

日南一邊裝出困擾一般的音色一邊列舉理由。

『可是各位知道嗎？那些理由，只有一個，最近被消除了喔。』

然後日南露出賊笑。讓觀眾明顯能看見，有點誇張地。

『最近田徑社——狀況非常地好。』

觀眾雖然沉默了一瞬間，不過想必是由田徑社社員的「妳竟然說了啊——！」「喲！全國知名！」這一類的歡聲造成了契機，讓觀眾也理解了意思而喧嚷起來！整個場子的氣氛被捲了進去而沸騰。

我也不禁感到興奮，竟然以**自己建立起來的**田徑社的成績為武器，把觀眾給拖過去。

『我認為，這可以成為說服上面的理由呢。各位覺得如何？』

所有人都自然而然的拍手掌聲。真厲害啊，那傢伙。

真是無所畏懼，卻又十分地合理。

這樣子，幾乎所有的觀眾都已經站在那傢伙那邊了。

可是不對。應該還不夠才對。

日南教我的『操作氣氛』的兩個鐵則。

也就是『利害的一致』跟『說服發言力強的人』。

藉由這個演講，幾乎讓所有的學生都認為『日南當選的話自己會得到好處』。利害的一致已經搞定了。就算有人沒辦法接受好了，應該就連我們得到的一年級學生的票，也幾乎完全被奪走了吧。

可是，『說服發言力強的人』，也就是說服老師們這點還沒達成。

如果能夠用剛才的『田徑社的實績』作戰說服就行了。可是沒辦法說服的話，就算在這裡凝聚了任何學生的支持，說不定還是會被當成『那種事只是小孩子說著玩的』而被一腳踢開。看場合，說不定會為了避免讓無法實現的政見聚集票源，而當場公開說『順帶一提，冷氣是沒辦法實現的喔』。

那一瞬間，會讓所有的作戰歸於虛無。日南葵這個名字也會受到傷害。

那麼日南會怎麼做？還有什麼，可以讓政見實現的其他祕策嗎？還是說——

沒有等待我的預想導出真相，日南繼續她的演講。

『儘管如此，考量到現實面的問題，要在所有的教室都裝設冷氣——這其實是，非常難以實現的一項課題。』

美麗的音色跟抑揚頓挫，用詞合宜講究的同時也沒有給人不通情理的印象。

『實際上，現在在那邊的——各位師長也面露難色。』

日南以優雅的手勢引向教職員的位子。包括我在內的觀眾，視線下意識地遭到誘導。

感覺待起來不太舒服似地苦笑著的教師們表情映入眼簾。那跟日南充滿自信的笑容相比，感覺還比較靠不住，相對地會令人不禁相信日南。

『這場演講結束，集會也結束的時候。或許各位師長，會互相聊著這樣的話——』

日南微笑出來。

『「要在所有的教室裝設冷氣，實在太傻了」。』

這樣啊。我又察覺到了。先把應該會從對手那邊發過來的反駁說出來。藉由那種方法，把說服力抵銷。是很會說話的人常常利用的招數。

也就是說，把老師那邊會說出來的評語的損傷做了最大幅度降低。真不愧是日南——

我想著這樣的事的時候。

『而且還是……』

像這樣，日南的話語又繼續下去。

『在裝了冷氣而且十～分舒適的，職員室裡頭說呢。』

唔。

在一瞬間的靜寂之後，學生們整群大笑起來。

我啞然的同時，也漸漸地湧起了笑意。

這是，怎樣啊。

那樣子鼓譟起來的觀眾的聲音，在我的耳裡大大地作響，到了讓我實際體會到跟日南之間的壓倒性實力差距的程度。

我在思考政見的時候，或者是在思考冷氣的作戰的時候都是那樣。一直都是從教師的觀點思考，想著教師那邊會有什麼想法，而從中取得平衡。那樣子做的結果，就是在政見裡頭一直保留著為了校內的活潑氣氛或者學生的便利性那一方面的藉口。演講的內容也是，維持在折衷的方案。是在配合擁有權力的人。可是，這並不是壞事。反而該說，一般而言就該這麼做吧。

可是日南她不一樣。

日南葵她，貫徹著自己。

就連教師那種擁有權力的人，也藉由至今積累起來的努力、信賴，還有實績——從正面突破給所有人看。

NO NAME 的遊戲風格，『藉由壓倒性的努力的分量從正面突破』。

就像她把我策劃的『諂媚的政見』『電動打氣機』『冷氣』這樣的策略，用演講堂堂正正地從正面擊潰一樣。

就連教師那些對手，也是站在同一個戰場上，從正面擊潰。無論對手是誰，基本的戰鬥方法都不會改變。貫徹到底的程度到了令人害怕的地步。

『就像這種感覺，我發誓會認真地考量並且處理各式各樣的事務！各位如果感同身受，請務必將公正的一票投給日南葵！那樣子才是，鬼正！』

日南最後這麼說，瀟灑地下了台。她的背影沐浴著毫無吝惜的喝采。

我也不禁，不知道是不是在表示敬意的層面上，拍了手。

日南走向我這一側的舞台幕後。然後她從待機著的我的旁邊，連我的眼睛都沒有對上，簡直就像要無視我一樣地，直接經過。

「這樣子，你還能贏？」

不過，那個應該只有傳到我耳邊的聲音，是那種得意洋洋又自信滿滿的，習以為常的聲音。

＊　＊　＊

『我說完了！謝謝大家！』

體育館的揚聲器傳出氣勢不錯的女孩子聲音。會場被掌聲所包覆。

『山下由美子同學，非常感謝妳。』

雖然看得出緊張，不過運動系的說話方式跟氣勢不錯的內容相輔相成，是可以讓觀眾瞭解人品很好的演講。氣氛比想像中還要好。以日南那樣子表現之後馬上上場的情形來講，我覺得她很努力了。推薦人不選我果然是對的。

然後接下來是——

『接下來，是會長候選人，七海深奈實同學的演講。請上台。』

我隨著那個廣播，**開始移動**。

我從設在舞台幕後的階梯前往體育館的上部，位於兩端如看台一般的空間。雖然我也準備了遭到阻止時的藉口，不過就像理所當然似的，移動之後也沒被說什麼所以沒有發動那個的必要，平安地爬了上去。

『啊哈哈哈哈！』

聽得見觀眾的笑聲。雖然沒在聽深實實的演講，但想必是在模仿老師的那段吧。並不是突然就學，而是以『川村老師也會「～～」這樣子說，所以我會加油』這種形式融合在腳本裡頭。順帶一提，那是深實實提出來的。我本來的提案是突然模仿起來，現在想想那大概很糟吧。

我拿出智慧型手機，把音量調到最大。確認好設定之後，就把機關設好。接著把揚聲器的部分朝向觀眾，配置成可以盡可能聽見比較大聲音的樣子。

好了。接下來就是在這裡預防預料外的事態，躲起來待機就行了。

耳朵的注意力朝向深實實的演講。嗯，不差。不，我怎麼用上對下的目光這麼講啊。應該說很好。觀眾的笑聲此起彼落，也有點著頭的學生。可是，不管怎樣都會去跟剛才日南的演講比較。老實說，看起來會比較差。當然，這是因為日南厲害過頭了。

而且，說得更進一步的話，腳本的構成也很像。這是我的責任。

不，內容本身是完全不一樣，但是利用『利害關係的一致』『說服發言力很強的人』這兩大要點而打算『操作氣氛』，這種根基是共通的。畢竟我是以日南教我的規則為底、組織大致上的部分，這便是理所當然。

所以就某個層面來講，從本質來看我所思考的腳本——就是，日南的腳本的劣化版。

「……可惡。」

湧起了像是在AttaFami的對戰中，連續技出其不意地被掙脫時一樣的感覺。

我下意識地咬緊了嘴脣。

……我真傲慢啊。

日南把『人生』規則的一部分教給了我，然後『演講』是活用那個規則的話應該就能戰鬥下去的舞台，再加上也準備好了形式上可以操作強角的那種環境。這樣的話，如果是我，如果是nanashi，只要活用學到的『規則』，還有可以操作的『強角』的話，不就能跟日南好好地對戰了嗎？我一直有著這樣的想法。

「……嗯，我太天真了。」

努力不同，積蓄不同。更進一步來說，覺悟也不一樣。

那傢伙的演講中，充滿著確實要贏，一票也不放過，到了要用最多得票獲勝程度的努力、積蓄，還有覺悟。不管怎麼看，都是全力以赴並且全心全意。她並不是那種可以用「雖然是最近學到的規則，不過是我的話就能善加活用！」這種速食性的傲氣來面對的天真對手。搞錯這種事的自己真丟臉。

「可是……」

不讓她看看所謂 nanashi 的執著，可不行啊。

就算是為了相信我的深實實，也不可以在這裡放棄。

我靜靜地等待著那個時機。

『當然，那全部都是為了讓關友高中的氣氛熱烈起來……』

深實實說明了所有的政見，到了最後的總結。這時。

嗶——！嗶——！嗶——！嗶——！

震耳欲聾的警鈴聲響起。深實實也先停下演講，環顧著周遭。

觀眾也騷動起來。有專心想要聽出聲音來源方向的人、拿出自己的手機確認是不是自己的鬧鈴聲的人、被附近的人多嘴說是不是你的手機在叫的人，也有要大家安靜打算把情況壓抑下來的人。然而響徹體育館這種寬敞空間的聲音來源，就是找不太到。

各自的想法交錯著，體育館的氣氛變得混沌。

「啊——你們先安靜下來——」

「誰弄的啊，快點關掉啊。」

「是那樣吧？因為會被沒收所以就裝不知道？」

「聲音好像是在哪裡可以聽到的那種！」

「這不是 iPhone 的警報嗎？地震的時候之類的。」

「啊，沒錯！」

「用 Android 的我有不在場證明～」

「吵死人啦。」

在這種情況下，深實實看準時機擺出凜然的表情眺望觀眾。

然後，她咳了一聲，做出清喉嚨的動作。那個聲音被麥克風接收到，藉由揚聲器擴散。觀眾的視線跟意識，往深實實集聚過去。然後——

『Hey,Siri!　停止鬧鈴！』

深實實的聲音，傳進了舞台中。觀眾因此而驚訝，沉默下來。

——咚咚！

「鬧鈴已停止。」

體育館上部的通道，就放在躲起來的我身邊的我的智慧型手機。

朝向觀眾的揚聲器所發出來的 Siri 的聲音，在體育館中小小地響起。

反應很好！

跟日南當時比起來不相上下，觀眾鼓譟起來了。讚！

就算這樣，深實實還是沒有停下來。

她又咳了一下讓清喉嚨的聲音在會場中響起。觀眾沉默。

『Hey,Siri!——會當上學生會長的是誰呢？』

咚咚！

「我是會幫忙您的虛擬助手 Siri。」

『不對啦不是要妳自我介紹！』

觀眾再次熱烈地鼓譟起來。深實實的姿態看在觀眾的眼裡應該是這種樣子吧。

『對於突然發生的鬧鈴意外，能夠臨機應變的學生會長候選人』。

對。這就是我的做法。

面對日南，就算用『精心製作的作品』來比輸贏也無可奈何，沒有勝算。

這樣的話，該比輸贏的就是在那個戰場外頭——例如讓所有人看到『突發性舞台上的應對能力』。

不過，突發性的舞台，當然就是意外發生才叫做突發。

這樣的話製造出來就可以了。製造『人為的突發性舞台』。

這是跟那傢伙不同，nanashi 流的『製造別的戰場』的戰鬥方式。

深實實隔了一段時間之後，很開心地露出笑容。

然後又清了喉嚨。

『順帶一提，妳會不會投票給我？』

咚咚！

「要顯示『順帶一提，妳會不會打赤腳登場』的網路搜尋結果嗎？」（註8）

『那什麼鬼!?』

連續讓會場持續鼓譟。然後——

『看來 Siri 好像沒有要投票給我的意思，不過麻煩各位，投給我公正的一票！』

用最後一句話追擊而讓會場熱烈起來，深實實一邊揮手一邊帶有喜感地下了

註8　「會不會投票給我」與「會不會打赤腳登場」的日文發音相近。

台。好。太好了。辦到啦。

我確認深實實的背影沐浴著的喝采與笑聲的漩渦之後安下心來，同時從地板上收回手機，回到舞台邊的幕後。

＊　＊　＊

「太好啦────」

回到舞台幕後之後，像在找尋什麼東西一樣東看看西看看的深實實，發現我之後立刻跑了過來，小聲且充滿精神地表明歡欣，衝進我的懷中。

「唔、唔哦!?」

深實實抱了過來。我盡可能小聲地顯露驚訝，盡可能地不去注意抵著肚子那一帶的柔軟觸感，同時奄奄一息地說著「放、放開我……!」

「喔喔，對友崎來說刺激太大了嗎？」

深實實惡作劇般說著的同時把手放開。該說是刺激太大了呢，還是該說刺激太柔軟了呢？

「深實實辛苦了，還有……友崎同學也是？」

如同鈴鐺響起似的美麗音色的主人，正是日南。小聲也能發出這麼美的聲音，這傢伙私下到底做了怎樣的努力……不過錄音機的那個數字就代表了那個吧。

深實實如向日葵般開朗地笑著。

「謝謝葵！總之背後發生了很多事，這場演講的細節就別問了！」

「背後……？呃——那就當成發生了很多事吧！」

日南順著情勢回答，深實實也對那番話回以「麻煩啦！」

「總之，只要記得也有友崎的功勞就好囉！」

深實實這麼說而摟起我的手臂。等一下停下來，因為這樣胸部又會碰到。這種的對我來說還太早。胸部會碰到之類的東西應該是更後半的舞台之類的頭目吧雖然我不知道。

「唔，嗯——？」

日南擺出困擾般的表情，回以曖昧的笑容。然後水澤也過來了。

「辛苦了——欸，哦哦？」

水澤看見我跟深實實摟著手臂而驚訝，深實實露出別有深意的笑容。

「孝弘……就是這麼一回事。」

「不對才不是這麼一回事咧！」

我對於深實實那種會讓人會錯意的發言小聲又全力地吐槽。看著我這樣的日南跟水澤互相對看，微笑著一起點頭。

「那，先離開吧。」

兩人在日南這樣的一句話後便肩並肩離開了舞台幕後。啊啊，演講結束後記得是要回到各自班上的列隊吧。

「……欸，友崎。」

「嗯？」

深實實露出帶有黏乎乎的大幅感覺，開嘴露齒的笑容。

「那種感覺的氣氛……那兩個人，看起來好像在交往耶。」

「咦咦!?」

我發出的聲音大到會讓之前的小聲都會沒有意義的程度。

然後回到列隊裡頭，川村老師講了關於今後的學生生活，還有學生會選舉的投票與其他事項，因為是在深實實模仿之後所以多少聽得到小小笑聲的集會結束了。投票看來是在發給所有人的紙上畫圈的無記名投票。可以在回去的時候使用已經備好的筆跟桌子當場把票放到箱子裡，或者用放學前交給班導師的形式投票也沒有關係。推薦人跟參選人似乎沒有投票權。原來如此。也就是說我有。

深實實跟日南在集會結束之後馬上就被周圍的人夾擠。畢竟兩個人都把場子炒熱了嘛。我斜眼看著那個情形，一個人離開了體育館。

然後，在投票箱前。在深實實那邊畫圈交出去，我本來是打算這麼做，不過我內心中的玩家之心，公平的精神阻止了那種行為——而投了空票。我覺得一票是不會改變什麼東西啦，但是這種時候就是想好好地做。

接著到了放學後。

今天有跟日南之間久違的會議。關於這次選舉的事，應該會有各式各樣的破哏跟反省會吧。既像憂鬱又像是期待，心境很複雜。

而且，比那還要大的發表，就要從現在開始。

走出教室之後，遠處的人群映入眼簾。放學前的班會中老師有說過。速度快的話，今天放學後選舉結果就會出來了。

回頭一看，深實實還在教室裡頭。我深呼吸讓緊張的胸口平靜下來的同時，往人群靠近。

群眾視線前方的布告欄上，如此寫著。

□學生會選舉快報□

【會長當選】日南　葵：456票

七海深奈實：131票

我把停滯的氣息呼出去之後，覺得比起會議還有更該做的事情，而回去教室。

＊　＊　＊

我在距離教室門口很近，而且在教室裡跟班上的現充們談笑的深實實看不見的地方等待著。

由已經知道結果的我過去搭話總是有點那個。

我想說，在深實實自己走出教室打算去看結果的時候，用像是偶然碰到的感覺搭話的話應該是最好的。

正確來說，除了那樣之外可以感覺不錯地搭話的想像完全沒有浮現出來。因為我是弱角所以選項會自動地縮減。

手機震動起來。看了之後，發覺是日南傳ＬＩＮＥ。是回覆我剛才用ＬＩＮＥ傳過去的『會議會遲到。說起來說不定會缺席。詳細情形晚點會再報告。抱歉』的訊息吧。

『瞭解。今天就中止沒關係』

抱歉，日南……不由得連續兩次臨時取消……

我打算傳送回覆而打開聊天畫面的時候，又有追加的訊息傳了過來。

『只是，要確實讓事情有所進展。知道沒？』

……啊哈哈。這就是所謂的全部都被看透了吧。真的是敵不過日南同學。

『瞭解。』

日南的激勵點燃了我的幹勁——不過可以做到的事，就是一直等待下去。

「喔，友崎！」

深實實從教室中出來。我隱藏著緊張，同時裝出輕快的音調發聲。

「喔。哎呀——今天辛苦了。」

「謝謝！友崎也辛苦了！」

深實實就像平常一樣很有精神地笑出來。

接下來，就從這裡開始。

我就照著事先所想像的情景，切入話題。

「啊，那邊的布告欄，把結果……」

「哎呀——！真可惜呢～！」

深實實像要打斷我一般發話。咦。

深實實一手貼到額頭上，很無奈似地笑著。

視線沒有朝向我這邊。

「已、已經看過了……？」

「嗯——沒啦！與其說看過，是朋友傳了LINE過來！就知道了！」

「……是，這樣啊？」

我找不到可以對她說的話語。

「對對！驚鼠倫了！不過反而因為是出其不意，打擊很小而幫了大忙呢！」

「啊哈哈……這就是，所謂不幸中的大幸嗎？」

我想著驚鼠倫是什麼意思的同時，也認為現在不該想到那邊所以附和她。（註9）

「就是那個，不幸中的大幸！不過說起來，從現在開始有朝一日贏過她就可以囉～」

「失敗為成功之母，是這個意思嗎？」

「對對對就是那個失敗為成功之母！友崎果然會說不錯的話呢～！永遠都要向前看！風也會順著我吹！跌倒的話只要更加努力地跑過去追就可以了！就是這麼一回事喔！」

深實實是真的這麼有精神，還是只是表面上裝出來的呢？非現充的我，並不瞭解。

「……說、說得也是啦！畢竟跟日南也是同一個社團，之後也有很多次的測驗！而且……總之，還有各式各樣的事情吧！接下來靠那個比輸贏就好了！」

我說完之後，深實實就張大嘴巴露齒而笑。

「當然！」

註9　「驚鼠倫」的原文是「バビった」，是「嚇死人了」、「嚇了一大跳」的意思，バビった在日文中是比較少人使用的說法。

並且這麼說。

如果是平常的話，這時應該是會全力拍打我肩膀的時刻，不過這次沒有拍過來。那是我單純預測錯了，還是是因為上次我有躲開，或者是還有什麼其他的理由呢？果然，我並不瞭解。

＊　＊　＊

「呼……回家吧。」

後來深實實只說了「那我先去社團囉！得把選舉耗掉的份抓回來才行！」就咻──一下子往操場那邊消失了。

在十五分鐘以上之前發給日南的『對不起。沒有進展。對不起』這種報告結果的謝罪三明治式的回覆也還沒有傳過來，所以也沒事做。比起像這樣在學校白白等待，我覺得趕快回家用數位錄音機來做附和的練習努力一下還比較會有成果。嗯，就這麼做。

大家都去社團之類的所以沒半個人在吧，我這樣想而往教室裡頭看之後，啊，有人在。小玉玉在。雖然是背影，不過小小隻的所以看得出來。她從教室的窗戶眺望著操場。是在做什麼呢。不過也好，上陣吧我，自發練習啦！

「不去社團嗎？」

我從不會嚇到她的距離對她搭話。換句話說，也就是像我這種在陰影下生活的人勉強可以靠近小動物系女生的距離。

「……友崎。」

回頭過來的小玉玉，不知道是不是也有著夕陽逆光的原因，她的表情看起來多少有些無精打采的感覺。栗色的輕柔髮絲透著光，閃閃發亮地搖曳。

小玉玉像要空出我的位子般橫向挪了一步，然後再次把視線朝向窗外。

哦，喔，是要我到她旁邊去。原來如此。身材嬌小卻挺能幹的嘛這孩子。

「妳在看什麼呢？」

我想辦法不讓戰戰兢兢靠近的感覺顯露出來，戰戰兢兢地靠近她的身邊，就那樣直接往外面看之後——田徑社的練習景象映入眼簾。啊啊，畢竟這裡可以俯視操場嘛。

「看一看，應該就知道了。」小玉玉很寂寞似地注視著操場。「只有葵跟深深，有著遠遠超出其他人的努力。」

「哦。」

我讓眼睛看清練習景象的細節，而這樣眺望了一陣子。

的確只有那兩人，沒有低頭也沒有把手抵到膝蓋上之類的，不停地進行著練習。跑步的步調也很快，間隔也很短。

「可是……深深不是一直都是這樣。平常都是維持著自己的步調。」

「這樣啊。妳一直都有在看？」

「沒有，偶爾會看。像是有點想蹺掉社團的時候。」然後不知道為什麼銳利地瞪了過來。「……並不是，只限小玉喔？」（註10）

「我、我知道啦。」

小玉玉把視線移回外頭。

「我覺得，大概是在跟葵比吧。應該說，一定是那樣！」

「哈哈哈……說不定喔。」

小玉玉一半生氣似的那麼說。她真的很喜歡深實實啊。

「真可惜呢，選舉。」

「啊，對啊。是沒錯。」

小玉玉噴笑出來。

「Siri 那個，全部都是事先設計好的吧？」

畢竟小玉玉，有幫忙讓我知道哪個位置能聽到聲音，所以會知道啊。

「嗯。全部都是演出來的。」

「犯規！」

小玉玉只有嘴形看起來有點開心，強烈地用平常那種警告人般的語調說話。

註10 「偶爾」與「小玉」的原文音近。

「……可是，就算那樣子也沒有贏啊。」

「也是啦……畢竟是葵啊。」

小玉玉理所當然似地這麼說。

「啊，小玉玉果然也那麼想？」

「嗯。」乾脆地立即回答。「葵很厲害，所以贏不了啊。」

「……也是啊。」

我嘆了一口氣。看在小玉玉眼裡也是那樣子啊。

「深深地啊。」

「嗯？」

「就算沒有贏，也不會輸。」她這麼說，寂寞地笑著。「所以……」

小玉玉微微低頭。

我沒有摸清楚那番話真正的意思，不過感覺上多少可以理解。

「我不希望成為她對手的人，只有葵而已。」

「……這樣嗎。」

「該說，有點可怕嗎？」

「……嗯。」

小玉玉編織的幾句赤裸裸的話語。

雖然她話中的意思，我有時候聽得懂有時候聽不懂，不過我覺得追根究柢問下去，或者裝成感同身受都不是真心待人的行為，所以只能靜靜地回以附和，聽著她所說的話而已。

我不知道是不是這樣子就已經不錯了。

不過我知道了一件事，就是剛才深實實很有精神的樣子果然是——

「……啊。抱歉！我一直自說自話！」

「咦，不會，沒關係沒關係！」

反而該說是因為我背起來的話題之中，找不到可以在這種氣氛下以不錯的感覺說出來，而幫上了我的忙。我也有反省。

「我差不多該去社團了！掰啦友崎！」

「嗯，再見。」

小玉玉從桌上拿起書包，對我微微地揮手離開教室。

我自然而然地，在那之後也從教室眺望了田徑社的練習一陣子。

跑著的日南。跑著的深實實。

確認姿勢、柔軟身子、

包含競賽的個別練習。

其中有時會交互著談笑，不過並不是放鬆心情的那種感覺，而是認真的。

一邊揮汗一邊磨練自己的兩人的身影，藉由應該可以稱為青春之類的東西而閃閃發光。

——這並不限於她們兩個人就是了。

在已經整個熱起來的季節中。

大家，每天都花好幾個小時，做著這樣子的事情啊。雖然這應該是理所當然的吧。

該怎麼說，其實大家，都很努力過著『人生』啊。

5 不容易培養的角色不禁會讓人放棄培育

思緒莫名地高漲起來，而跑到大宮買了之前水澤幫我做造型時用過的髮蠟的星期六，還有隔了很久才跟日南對打 AttaFami 打到爽的星期日已經過去，到了星期一。

實際上已經隔了一個禮拜的會議開始了。

「那麼，首先是……辛苦你了。」

「喔……辛苦了。」

跟日南一起互相讚許對方的活躍。不過，其實我是慘敗就是了。

「接著，在會議之前，我還是想先確認一下。」

「喔。」

日南的表情閃耀著。這是那個啊。談到遊戲的時候的表情。

「那個 Siri，可以當成全部都是事先排演好的吧？」

明明是看起來很開心地讓眼神閃閃發光，卻不是在講遊戲的話題。不過，用這張臉談起演講的話題，果然是那樣。

是把那場演講當成遊戲來理解，而且樂在其中。

雖然我在一開始也是類似的心境啦，不過由於要對深實實負起的責任，還有以此為前提還輸掉的悔恨跟愧疚感，那種心境已經被吹散了。只有想要扳回一城的烈火燃燒著。

「嗯，從停止鬧鈴的地方開始，到後來對 Siri 問問題的地方，都照著腳本走。」

「啊哈哈哈！」

日南罕見地大聲發出笑聲。

「當時是打算靠那招撐過去……結果卻失敗了。」

使盡渾身解數而用了奇妙的招數，卻因為得分有兩倍以上的差距而敗北。演變成把每天鍛鍊的差距展現給人看的結果。真的很不甘心。

「以結果來看確實是那樣子沒錯……」

日南朝我這邊探出身子。然後她那大大的眼瞳如同寶石一般閃耀。

「不過我嚇了一跳。我很開心。」

「哦，喔。」

她那種我不太知道該怎麼形容，跟平常不同，不是單純臉很端正而已，這種實際上真的很那個的模樣讓我退縮，同時我也曖昧地回應她。

是讓人聯想到離開遊樂園踏上歸途的時候開心地說著感想的女孩子嗎，重點就是她的模樣可愛到了讓人敗給她的程度。

「有一種那才是 nanashi 的感覺呢。該說把原本是火力遊戲的 AttaFami 改變成連

續技遊戲，讓價值觀大翻轉的傳說中的男人果然不是蓋的嗎？」（註11）

總覺得日南看起來莫名地興高采烈，用著充滿熱情的語調對我超級讚不絕口。讓我有夠害羞的。

還有，她知道我在 AttaFami 做過的事情啊？不過也是當然的吧。

「還、還好啦。不過妳也做得太露骨了吧？」

「哎呀，你指什麼？」

日南挑起眉毛而裝傻地笑著。

「採取了那種像要把我們這邊的作戰全部擊潰的方式。」

「呵呵。」她得意地笑著。「可是，那可是你的低級失誤喔？」

「咦？」

「星期四。」日南豎起了食指。「你透露出有在幫忙深實實了吧？我是因為那才有所警戒。跟 nanashi 有所關聯的話就得換個做法，這樣子。」

「……啊啊。」

我理解她話裡的意思。

「既然牽扯到要暫停會議的程度，我想你應該是採取了奇妙的戰法。畢竟，對手

註11　「火力」在格鬥遊戲中指的是「攻擊力」，火力遊戲指的是遊戲以攻擊力為重，連續技遊戲指的遊戲是以接連續技為重。

可是那個 nanashi 喔？所以，我才把感覺會讓拉票很有效率的政見，全部都擊潰。」

就像誇耀著自己寶物的小孩子一樣，日南用天真無邪的表情說著。

只是以那個ＬＩＮＥ為契機而預料到我的戰法，就把對策建立到了那種地步嗎？

「……真是失敬。」

我由於日南心裡對 nanashi 評價那麼高而害羞的同時，也率直地承認敗北。

「總而言之！雖然這次我大獲全勝到了贏過頭的程度，不過感受到了可能性！讓我很驚訝！我真的非常開心！所以今後也要確實地精進『人生』。知道沒？」

明顯地比平常還要興奮，臉也靠近到極限的日南傳過來的壓力，還有閃閃發光好像會把人吸進去一樣的眼瞳，加上香得不尋常的味道都讓我中招的同時，我也「就算妳沒說我也打算那麼做」這樣用實話回她。

「回答得很好呢。」日南咳了一聲清喉嚨。「那麼，接下來要講從現在開始的一個禮拜之內要做的事情了……」

就像這樣又回到了平常鍛鍊的日子。不知道是懷念還是又會很辛苦，我把目光放遠。

首先下達的是為了達成『跟女生一起，兩人獨自出門』這種小小的目標，要在今天之內把麥可．安迪的作品讀完一整本，約她一起去看安迪原作的電影，這樣子的指令。

根據日南所說，在週末試著調查的結果，澀谷目前也好像有正在放映以前改編自安迪作品的電影的戲院，那樣子應該剛剛好。嗚呼，就是說前陣子跟日南一起看電影時上的課，要在那裡活用就對了。合掌。

「然後，試著思考演講之後覺得如何？會生出那樣子的腳本，就代表你知道逗人笑有多麼重要了吧？」

「……算是啦。」

歸根究柢來講，要是對方沒有表現出想聽下去的態度，不管怎樣的提案都無法通過，這種事已經藉由我的人生證明了啊。我覺得要扭轉那種情形的東西應該就是『笑意』。

「要跟別人成為戀人，這種事換個方式說，就是『兩人對於對方都有強烈的信任感』。建立信賴關係的方式雖然有很多種，不過為了踏出最初的一步，讓對方覺得打開心防，聽一聽這個人的話也沒關係的最大武器就是『讓人笑出來』喔。」

我雖然理解了這番話的意思，不過思考著這代表她打算賦予我怎樣的課題，心情就變得沉重。

「嗯……妳想說的事我知道。」

「所以今天的課題是，『讓隨便一個人笑出來』。」

「……咕呃。果然。」

說起來是很簡單，可是日南，那個難度挺高的不是？

＊＊＊

然後到了第四節課前的下課時間。我在圖書室前面稍微停下腳步，緊張著。約她去看電影。雖然沒說要在今天就決定好日程之類的所以很那個，不過就算那樣我也有一點顧慮。畢竟約女孩子兩個人單獨出去，在我人生中可是第一次喔，而且還說可以的話，必須讓對方笑出來。

「友崎同學……？」

「哈咿!?」

如同湧泉流水聲般的美麗聲音從背後叫起我的名字。回頭一看就發覺那裡有著為了知曉人間事物而隱藏耳朵混進高中的妖精，不對，是菊池同學站在那邊。

「呃，你不進去嗎……？」

「不、不是。會進去喔，會進去。」

菊池同學用那彷彿細看就會在裡頭發現回復魔法陣的眼瞳注視著我，讓我臉頰發燙的同時，還是進入了圖書室。我用了今天早上到現在的下課時間，把之前在看的那本書看完了。因為真的滿有趣，所以看的速度很快。

把一邊說著「嘿咻」一邊拿書的菊池同學身姿誤認成天使的同時，我拿了跟之前不同的另一本安迪作品，然後把椅子挪到菊池同學旁邊，跟上次比起來又靠近了那麼一點點的距離後，坐在她的身邊。

像是妖精與人類還有動物們共存著的魔法森林一般，溫暖而神祕的氣息開始流動。

儘管我也有了想要就這樣沉浸在這種氣息中的心情，不過課題不做可不行。

「……菊池同學。」

「怎麼了呢？」

菊池同學把視線從書上移開，如同跟森林泉水中的魚兒們互相碰觸的少女般的溫柔眼神看著我。

「其、其實，有點事。」

我結結巴巴地說話之後，菊池同學就睜大眼睛，又像是松鼠似地把頭斜向一邊，我不禁看得入神，嘴裡的話語又更晚出來。

「……呃。」我回神過來。「有正在上映，安迪作品電影的電影院……」

「澀、澀谷！」

菊池同學對自己的音量之大感到驚訝，臉紅起來並且用書把臉遮了一半。

「對、對不起。」

「不、不會。」

只有眼睛沒有被書擋住的菊池同學不管怎麼想都有點可愛過頭了，而且她臉紅起來的情形到了連那少許的面積都能看出來紅通通的程度，連我都不禁要害羞起來。

「……友崎同學，臉，很紅。」

「呃、不，菊池同學才是！」

「……呵呵。」

菊池同學露出似乎十分快樂的表情呼出氣來，維持著用書把臉遮起來的樣子，目光由下往上向我這邊看。太狡猾了那樣子太狡猾了。

「呃……安迪作品，我已經看完一本的說，那個，因為很有趣啊，所以我想說也看一看其他幾本作品，所以——」

「是……是的！」

或許已經察覺我要說什麼的菊池同學，像是很緊張似地回覆。完全被我的緊張傳染了啊。

「在、在那之後，要不要一起……看個電影？」

「……嗯。」

雖然菊池同學後來用書把臉整個遮起來了，不過她連用來遮掩的手的指甲都整個紅通通的，這樣子該怎麼說，我覺得很犯規。

＊　＊　＊

放學後。對日南傳達跟菊池同學之間發生的事情後，只有得到「就以那種狀態進攻下去」這種簡單的指示。關於『讓隨便一個人笑出來』這個課題，我告訴她，

算是讓菊池同學稍微笑出來囉，之後她回我「嗯，勉強有及格分吧」這樣，就解散了。無視我內心的動搖有夠冷淡的。就算說她看起來覺得很無聊也不為過。她還對我說了「只是因為這次特別幸運玩到了簡單模式而已，千萬不要得意忘形。」

話說回來，我每次解散後都是直接回家去，不過日南都是去社團啊。田徑社。真努力啊。

所以我也思考了許多事情——打算好好努力。畢竟是跟菊池同學說讀完幾本安迪作品之後再去看電影，所以就連今天也要盡可能地去讀看看。而且下次換教室上課是在後天。時間有限。

到達圖書室。窺視內部後，除了圖書館員之外沒有人在。原來如此。雖然有想過說不定菊池同學會在，不過放學後看來是很平常地回家去了。

我拿起今天開始看的作品，讓眼光落在文字上，開始閱讀。

不過說起來，這個人的書，果然很有趣啊。如果沒有認識菊池同學的話應該一輩子都沒機會拿到的，氣氛既充滿幻想又硬派的奇幻小說，乍看之下以為門檻很高，不過看一看之後意外地會迷上。

洗練的虛構世界之中，描寫著似乎也能對應我們這邊世界的常識而莫名有著現實感的一些細節，每一段描寫都會讓人產生「這個世界會不會真的存在於某個地方」這樣的心情。在不會讓人感受到法則性的不可思議語言或者世界的規則之中發現少許的規則性的時候，世界就會添上色彩，讓人嘗到味道。

我覺得這本書非常地棒。時間一溜煙就過去，頁面不停翻動。

當我發覺的時候，剛開始閱讀時還在前半的厚重書本，已經整本都讀完了。真的，非常地有趣。

看一下時鐘。喔喔，過了三小時左右，已經快七點了。

我回家之前不經意地靠近窗戶，把目光投向操場。從這裡也可以俯視操場。然後我嚇了一跳。

已經暗下來的操場。直到傍晚的活潑氣息已經完全消失，大部分的社團活動應該都已經結束的那片土地上頭，有兩個人影在移動。

我凝視其中，後來終於發覺到那兩個人影的真面目。

是日南，還有深實實。

日南毫不休止地一直做著各種項目的練習，深實實則是在做跳高的助跑跟跳躍的練習，果然也是毫無休止地不停重複著。

只是稍微看一下子，也能知道兩人的每個動作都滿溢著她們的認真。

深實實那虛無縹緲，有點像是要漸漸消失般的笑臉浮現於腦海。

『所以，我想要贏過她呢。』

這樣啊，說得也是啊。畢竟我也是玩家所以能理解，因為不服輸所以能理解。

輸個不停很討厭啊。很不甘心啊。

就算是靠意志力硬撐，也是會咬住對手不放啊。

我只是，單純地從遠處眺望那樣的情景。

她們兩人有時會合作進行同一個項目，有時會各自自由地做著自己的練習，而一直進行下去。

過了一陣子之後，兩個不服輸的人要好地開始整理操場。我把那個情景看到最後，便隱人耳目地一個人悄悄回家。

＊　＊　＊

「對。深實實練習到那種時間，還是第一次呢。」

隔天早上。對日南問問看昨天練習的事之後，她這樣答覆。

「是這樣嗎？我還以為，她一定是經常那樣。」

「不是。畢竟會留到最後一刻的只有我，這種情形一直都是固定的。」

「……哈哈。」

我苦笑出來。她說得像是理所當然一樣所以挺可怕的。

「順帶一提，今天的晨練她比我還早到呢。」

「咦？」真的假的，說起來，「妳每次都是晨練之後來這裡？」

「是那樣沒錯啊。」

真的假的啊。明明呼吸一點紊亂也沒有也看不到疲態。

就算是這樣好了。這樣子的話，就真的表示深實實從昨天起，以選舉敗北為契機，開始全心全意地努力了。也就是說，她並不想輸。

一邊思考一邊看著日南的臉，發覺她露出了總覺得感受不到以往的自信而深思著什麼的表情。

「欸……有一件事，我想問你。」

對日南來說很稀奇地，是在詢問別人的語氣。

「怎、怎麼了？」

我覺得訝異的同時回應她。

「遊戲，特別是關於AttaFami，我想你應該也是那樣子沒錯……」

日南就像是在找尋適當的話語，斷斷續續地說話。

「你想想，看清目標、分析現狀、以嘗試錯誤來彌補不足的事物。那麼做而往前進的行為就是所謂的『努力』吧？」

「嗯，是沒錯啊。」

雖然我沒有思考過具體到那種地步的定義就是了。

「把那種行為稱為努力的時候。反覆地努力，一直，一直向前進的行為。」

日南看透了我的眼睛深處。

「完全沒有任何妥協，向前進，持續向前進的行為——」

不知道是不是我多心，日南的眼瞳比平常還要暗淡，而且像是在看著某種我沒有辦法想像的東西。

「你覺得，那是不好的事情嗎？」

——我不太瞭解日南所說的話的意思。正確來說，我知道她講的是什麼意思，不過在「有人會問這樣的問題嗎？」這個層面上，不瞭解是什麼意思。

畢竟那種事情，不可能是不好的事。

「順帶一提，我不覺得那是不好的事。」

「喂。」不是都有答案了嗎？「我也不覺得啊。那不可能是不好的事情吧。」

「嗯，就像你所說的一樣。」

「什麼鬼啊？」

那麼別有深意地，把已經有答案的問題拿來問別人嗎？這傢伙搞什麼？

「可是，你想想，會說那樣子不好的人，也有不少吧？說是『原原本本』的自己才好，比起改變，更把不做改變視為美德的奇幻作品之類的。」

「為什麼妳這個人打算跟有夠不得了的東西戰鬥啊。」

到底目標放在哪裡啊這傢伙。

「不過就算不管那個，也是有其他例子吧？你想想，像紺野繪里香那種人，否定努力，認為努力很遜，而用高高在上的冷淡視線刺著有在努力的人。」

「嗯——」確實是可以理解也有那種人存在。「要說到那個的話，那時的紺野，把一直努力著的中村當成傻瓜的行為，我覺得，果然還是不對的。」

「中村是正確的？」

「嗯，是那樣啊。雖然把大家硬留在現場之類的是中村不好就是了。」

日南一邊苦笑一邊說「那點倒是沒錯」而點頭。

「就算那樣，都沒在努力的人把一直在努力的人當成傻瓜，不過就是羨慕對方啊。我支持有在努力的那一方……當然，把那種事強壓在別人身上就會有問題了。」開始強制別人也要跟著努力的話，就有可能變成把價值觀強壓在別人身上了。

「哎呀。那是對我的批判？」

「喂喂，妳別搞錯啊。我不過就是以自己的意志遵循著妳的意見而已，並不是受到妳強硬地逼迫。要是我覺得人生是糞作的話馬上就會走人囉？」

我一邊賊笑一邊放話。

「是那樣沒錯呢。」日南也一樣笑著。「——不過，用那種單純的想法沒辦法解決完善的事情，在『人生』中持續累積努力的話就會發生。我的經驗是這樣。不過就別想得太深了。我基本上也同意你的做法。」

「……嗯——」

日南的經驗啊。應該是沒有自己經歷看看就不知道的事情吧。

「……無關的話題拖了一段時間呢，那麼就來發表今天的課題吧。今天的課題是，接著昨天繼續『讓隨便一個人笑出來』，還有新的『問深實實她的LINE』喔。」

「喔，喔喔。」

「讓人笑這點也是，要比上次做得更確實喔。『呵呵』這種程度的就不算。」

「真的假的啊……」

「對。不過這個說不定有點難，所以沒有達成也沒關係，就當成要你努力實行的課題了。有在幾天內做到的話就可以囉。」

「原來如此。」

幾天內嗎？

「深實實的課題真要說起來，幫忙選舉活動途中沒有問就是很大的反省點了，你就馬上去做。我沒想到你竟然一直沒問。」

「抱、抱歉……」實在太沒面子了，沒有辦法反駁。「順帶一提，問的方法是……？」

「啊？那種事情你自己想。」

「咦咦!?日南同學最近課題是不是有點粗糙啊？讓人笑出來的做法也是一整個不曉得啊！」

日南嘆了氣。

「我說啊。這句話我是不太想說。不過你已經通過了那種領域喔。」

「咦？」

「要是現在在這裡給你『以這個理由、用這種說法去問ＬＩＮＥ』這樣的課題的話，你會怎樣？有怎樣的感覺？」

「……啊。」

這時我察覺了。這樣啊。要是連理由跟問法的援助都有的話大概——並不會覺得難到那種地步。只要稍微努力實行就好了。不過，如果是剛遇上這傢伙的我的話，就算加上那種援助而出了去問ＬＩＮＥ的課題，我想我應該也會覺得辦不到。

「課題變得比較難，就相對地代表你已經有所成長。這幾個禮拜，你已經變得能夠『付諸行動』了。所以，現在已經進入了該培養『靠自己思考的能力』的領域。你可以不要老是追求速食性的訣竅嗎？」

雖然冷淡無情，卻確實認同著我的成長。不過那會以『課題的變化』這種形式顯現，讓我莫名地高興。

「日、日南……」

感動著的時候就被「感覺好噁」還有冰冷的目光劃了一刀。咕哈。星期二開始了。

＊＊＊

然後我從第一堂課開始到午休，思考了該怎麼問深實實她的ＬＩＮＥ，不過沒有想到好點子。

所以我就忍耐著羞恥，以這種作戰上場了。

「……泉。」

「嗯？」

對，不知道的話只要問就好了。而且還是問現充。

「問別人ＬＩＮＥ的時候，要用什麼理由呢？」

「啊？理由？」

泉擺出不知道是什麼意思的模樣，發出聲音。

「那、那個，對於明明常聊天但是不知道ＬＩＮＥ的人，該怎麼問……」

把話說到這種地步的我，忍耐不了泉那詫異的視線，說話的聲音就變小聲了。

不過泉對於我那個對她來說想必很莫名其妙的問題，還是露出了認真思考的模樣。

「沒有……特別的理由，的說。」

而這樣回答。

然後在這一刻，我的腦裡竄過電擊。

——沒什麼特別的理由啊！

我由於那種想法的逆轉而感動，奮發地說了「這、這樣啊！謝謝妳，泉！」而感謝她，在她「咦？」這樣困惑的同時也以『大發現！』這樣的主旨對日南用LINE來激辯，然後馬上就收到了『會因為那種事興奮的原因，在於你是沉到谷底的非現充喔』這樣的回覆，讓我回神過來。看來我是由於思考方式跟別人有落差所以才興奮的……

不過不管怎樣，所謂的沒有理由也沒差就是很大的進步了。

我重新整理思緒而對要前往食堂的深實實搭話。

「深實實。」

「嗯？喔，友崎！」

深實實用開朗的笑容迎接我。別、別人主動接納著我……！

「呃，告訴我妳的LINE。」

「第一句就這個⁉」

深實實把她本來就已經很大的眼睛睜得更加圓滾滾的，看起來很不情願啊。一搭話馬上就這樣要求果然很奇怪吧。

「啊，沒，也沒什麼特別的理由的說……」

我由於平常的習慣，不禁把心裡頭想的事情原封不動地說出來。

「不，我想應該也是那樣啦！友崎頭腦明明很好卻有天然呆呢。」

天然呆？

我第一次被人那麼說喔。雖然我覺得沒那回事，頭腦也沒有說特別好。

「咦，是這樣嗎？我自己完全沒有……」

「我想也是！總覺得呢，感覺你沒有辦法說謊之類的。」

「啊～」畢竟說謊的重點確實在於臨機應變，那我就超不擅長了。「說不定是那樣。」

「對吧！要小心壞女人喔？」她就那樣把臉靠近我的耳朵。「像我這種的♡」然後深實實，就對著我的耳朵呼——這樣吹氣。

「噗哇!?」

「啊，LINE是這個喔！」

看著我的過度反應並且露出像是打從心底開心的表情，深實實同時把QR碼顯示給我看。這個人，演講之後是不是對我有點囟惡過頭了啊？

「呃——」

畢竟也跟日南還有泉交換過LINE了，說起來只是要讀取這個QR碼而已，雖然不是現充但也不是機械白痴的我不會在這裡失敗的。真可惜啊不會發生孤單的人常有的狀況！

「哦，有了有了！謝啦——！」

深實實是用『七海深奈實』這樣的名字註冊。這樣看的話，深實實的感覺就更

強烈了啊。（註12）

我覺得就這樣講個「掰啦」而直接離開也沒差，不過都難得這樣了，我想再多一點對話會比較能累積經驗值，所以便繼續下去。

「說起來，深實實最近很投入社團活動？」

「嗯？啊啊對對！我非常地努力喔～！而・且・啊！課業上我也很努力呢！哎呀我真是個非常努力的人……選舉輸掉的分量，不拿回來可不行呢！」

或許是因為教室還有其他人的目光吧，深實實從『選舉』開始的音量多少降低了一點而這麼說。

「也對。我也會幫妳打氣。以玩家的身分。」

因為多少談過這碼事了，所以可以說出這樣的真心話。

「說得也是呢！謝謝玩家友崎！不過社團活動的事，你是聽誰說的？」

「嗯，聽日南講的。」

「……欸——好意外！」

「意外？」

註12　原文中深奈實的LINE名字是全部用平假名書寫的「ななみみなみ」（讀音：Nanami Minami）。而「深實實」的原文為「みみみ」，友崎應該是因為這樣，在字面上覺得「みみみ」的感覺更加強烈。

「嗯。葵，講起來的感覺是怎樣？」

感、感覺是怎樣？我對於這個問題有點困擾。因為要問她說起來的感覺怎樣的話，就是『順帶一提，今天的晨練她比我還早到呢』這種平淡到不行的感覺，所以沒辦法說。呃、呃——

「要說感覺怎麼樣……算是滿普通的吧。呃，就像平常一樣。」

說得不清不楚。因為想不到謊話就模糊地回答，畢竟以我的眼光來看就是跟平常一樣。

「啊，真的？原來是這樣啊。」

深實實點了點頭。我不太知道她問題的意思就是了。

「那我先去食堂囉～！啊，今天友崎吃學校的？」

「不，我今天吃麵包。」

「這樣啊瞭解！掰啦！」深實實這麼說，就咻～地前往食堂。

咦？是約我一起去食堂嗎？剛才我不禁困惑而說了原本預定要做的事，不過機會難得，為了經驗值一起到食堂吃飯的話說不定反而比較好，我這樣想著而覺得後悔。後來窺視食堂裡頭就發覺跟深實實同一桌的人有中村，讓我覺得拒絕她果然是對的。

放學後，對日南報告要到了深實實的LINE，還有『讓人笑出來』還沒達成而結束會議之後，我又前往了圖書室，開始讀起別的安迪作品。
每一部作品的世界，都像是完全不同的世界，然而我發覺其實在某些地方散布著共同的要素，愈看就愈被這個人的作品給吸引進去。這就是那樣吧。我想要不去理會經驗值之類的東西，很平常地跟菊池同學互相聊聊這方面的事啊。
然後我把一本書整個讀完，從位子上站起來，靠近窗戶俯視著操場。
果然。只有日南跟深實實正在練習。
——真努力呢。
我一個人點了點頭，前往教室。今天打從一開始就打算待晚一點，所以把書包放在桌上。我在沒有人煙的校舍中一步步地走著。
隨著滑動的聲音把教室的拉門打開後，看見小玉玉在窗邊。喔喔這種情景是第二次。總覺得這孩子在窗邊的情況滿多的啊。小玉玉很驚訝般地往我這邊轉過來。
「……友崎？」
「喔喔，抱歉。」
因為嚇了她一跳就不禁道了歉。
「沒事，不用特別道歉也沒關係！」
像平常一樣強烈警告人似的語調。
「好、好的。」
我不禁慌張起來。

「今天是怎麼了？」小玉玉這麼說著的同時，又把身邊的位子空出來。

「呃，在圖書室看書。」

我擺出好像很習慣的樣子同時也緊張著，而到小玉玉的身邊並列。

「你喜歡看書啊？」

「嗯——算是吧。該說是最近有辦法看嗎……」

「嗯——？」

她看起來摸不太清楚我意思的樣子。因為我沒有說『是為了跟菊池同學去看電影而在看書』所以也沒辦法。

「小玉玉呢？」我問到這邊，自己就察覺到了。「……妳一直，在看練習啊？」

「嗯。」

畢竟說過偶爾會看啊。並不是只限小玉。

「……呃。」我驚訝起來，看了時鐘。「咦？看到這種時間？」

「不對不是！才不是那樣子！我也是社團活動結束，稍微繞過來教室一下。」

「啊，是這麼一回事嗎？」

原來如此。排球社的活動結束之後過來，看著深實實的練習就對了。

「就是這麼一回事。」

然後對話結束了。啊，怎麼辦，不知道該講什麼東西才好——靠日南同學傳授的默背的力量就不會變成這種情形了！雖然我之前都沒什麼去背可以對小玉玉用的話題，不過我對於前陣子兩人在聊的時候幾乎都是小玉玉說話的情形做過反省，就把可以拿來跟小玉玉講的話題也背了起來！請看！

「深實實，很努力呢。」

「是啊。」

哦，對話停住了。不追加彈藥發射可不行。

「今天的晨練之類的，好像也比日南還早到啊。」

「咦！這樣啊……那件事你從哪聽來的？葵？」

「嗯，日南。」

「是在選舉之後，沒錯吧？果然。」

小玉玉面露難色。

「是啊。畢竟深實實，當時是認真地想要贏啊。我覺得她很不甘心。我也，很不甘心。」

「嗯……這樣啊。」

喔喔，追加彈藥！

「前陣子深實實的『指尖的魔法』是……」

「你好纏人！不管怎樣都很在意的話就去問當事人！」

失誤了！就不要再拿這個來問小玉玉了吧。呃——還有東西可以追加！

「小玉玉，跟深實實很要好呢。」

小玉玉她「嗯」了一聲點頭。

「什麼時候開始要好的？」

「唔～嗯。」小玉玉稍微思考一下。「一年級的……差不多在第二學期？」

「啊，第一學期沒有很要好啊？」

「與其那麼說……不如說是因為我朋友很少，所以第一學期沒什麼跟深深說到話。」

「哦哦……」

又是不知道怎麼應對比較好的話語。呃，相關的話題！

「可是為什麼，現在會這麼地要好呢？」

「我想想喔。」

小玉玉把視線先移向操場，然後又回到我這邊之後，像是在惡作劇一般地微笑。

「或許是，因為深深是笨蛋吧？」

「……什麼意思？」

我回問她之後，小玉玉就繼續把話說下去。

「明明第一學期沒說到話，第二學期卻被她找到。突然就變得纏我纏得很緊。」

「哦。突然就——」

小玉玉一邊把目光放遠一邊說。

「嗯……每天都捏我的臉頰。」

「總、總覺得想像得到。」

我苦笑出來。

「可是，我不怎麼擅長應對那種事，所以就擺出很不高興的樣子給她看。」

「啊哈哈。」那也可以想像得到。

「像是被捏臉頰之後也毫無反應，或者對她瞪回去之類的，雖然做了很多事情但她還是完全沒有停下來——深深的說法是，『受到嫌棄的時候又讓人更加心癢癢！』」

「哈哈哈！真像她會說的。」我不由得大聲地笑出來。

「雖然覺得她是個笨蛋啊～但也託她的福漸漸增加了朋友，在教室裡待起來的感覺也更自在了。」

「……哦。」

總覺得，這故事不錯啊。

「所以，我覺得擅長跟別人拉近關係的人很厲害啊。覺得可以自然地把我跟其他人也捲進去，讓我有點憧憬……不過葵那個時候啊——」

講到這裡而出現了那傢伙嗎？我說了「日南嗎」之後，小玉玉就點頭。

「她突然搭話過來。因為之前不同班所以那時是第一次說上話就是了。很普通地稍微聊了一下之後啊，她突然對我說『被深深纏上的女生，是小花火？』」

雖然我覺得日南不會用深深這稱呼，不過沒辦法跟小玉玉說所以無可奈何。

「真突然呢。」

「葵的說法是，深深來纏我之前啊，有去找她諮詢呢。」

「諮詢？」

「嗯。說是『有個沒有融入班上的女生的說，妳覺得要怎麼做才比較好？』這樣。」

「哦……」我驚訝了。

「然後啊，葵就回答『可是，說不定只是不想融入人群裡頭啊？』的樣子。」

「嗯，說得也對啊。」

我覺得無論如何都要融入人群的做法並不是正義。

「可是深深她沒有讓步。說是『我覺得那個女生不是那樣』，還有講說『我覺得她想要融入人群，只是因為笨拙所以沒辦法好好地融入而已』這樣。」

「這樣子啊？」

實際上的情形不知道是怎樣呢。

「而且啊。我……確實是那樣子。因為跟人起衝突的情形很多，該說我一直不太想跟其他人有所關聯嗎……是覺得害怕，所以閃躲著呢。可是，我也不是覺得不需要朋友，之前也有在想我應該怎麼做才好。所以，她說中了。」

「欸……不知道，她怎麼發覺的呢。」

「到底為什麼呢？我不知道。可是因為她那樣，葵就說了『那我覺得每天都對她多說一點話就可以了！』」

小玉玉像是很傻眼又像是很高興一樣地這麼說。

「……也就是說。」

「就因為那樣，而突然每天每天都來捏我的臉頰喔!?做法也太奇怪了！」

小玉玉充滿氣勢地用力指向操場上的深實實這麼說道。

「哈哈哈哈。真像深實實會做的啊。究竟是靠氣勢行動還是該說做法太粗糙了呢。」

「就是那樣！是個笨蛋吧!?」小玉玉看起來很開心。「可是啊。葵說『千萬不能跟深深說妳聽我講過這件事喔。』」

「咦，是這樣嗎。為什麼呢？」

「說是深深會害羞。她對我說要讓深深表現得帥一點。」

「喔喔。怎麼說，還真體貼啊。」

我不禁感動起來。明明是日南卻挺有人情味的。

「可是葵她，是希望讓我知道，深深她那樣每天都來纏我，是為了我才會那麼做的。因為深深她，真的是個笨蛋，所以才那樣。」

「原來……是那樣啊。」

日南，那傢伙，也有不錯的地方嘛。

「然後啊。這件事，是後來過了一陣子之後，我對深深問問看的。我問她『為什麼那個時候，纏我纏得那麼緊呢？』」

「嗯。」

深實實她，是怎麼回答的呢。

「問了之後啊，她就回答說『因為我超喜歡可愛的東西啊！』，還有『不每天摸一摸那個柔軟的臉頰的話戒斷症狀就……！』之類的呢。明明實際上，就是要來幫我的說。」

「……嗯。」

「託她的福現在我也會被咬耳垂，她還會說『我非常滿足！』之類的。還會笑得很誇張。」

「……這樣啊。」

我感覺著胸口湧起的東西的同時，回以附和。

「就像這樣，明明我都知道全部的真相了，她還是裝成什麼都沒有做的樣子。明明擺出一副很開朗的模樣，卻每次都來幫我。所以啊，我就，裝成全部都不知道的樣子給她看。」

我把話留在心裡而沉默。原來是這樣。發生過那種事情啊。

後來小玉玉她露出了可以從她稚幼的風貌感受到落差似的，令人感覺到母性的柔和微笑，這麼說。

「對不對？深深她，是個笨蛋吧？」

＊　＊　＊

「今天的小玉比平常還要鹹！」

「不要擅自比較別人的味道！」

然後我跟小玉玉，在日南跟深實實做完練習、開始整理操場的時候過去會合，一起幫忙她們整理。然後就那樣變成了四個人一起回去的情形。

「啊……！也就是說，平常是社團活動結束所以剛流汗，可是現在已經過了一陣子，鹽味受到了凝聚……！」

「好噁心！別推理多餘的事情！」

兩人打打鬧鬧的樣子就跟平常一樣。

沒有理會眼前的百合園，日南到我的身旁並列，對我搭話。

「友崎同學怎麼會耗到這個時間呢？有加入社團嗎？」

日南正在說『如果狀況有什麼變化的話就給我報告』。

「因為有稍微想看的書就待在圖書室啊——看完之後回教室時小玉玉也在，就問了一些想問的事情之類的，聊了一陣子囉。」

我回答『菊池同學的課題那方面有所進展。教室有小玉玉在，所以就實行把話題背起來的實踐篇，算是可以進行對話』。

「這樣子啊！」

日南說了『報告辛苦了。今天你的臉也讓人覺得不舒服呢』。沒這麼說。我幹麼擅自翻譯成對自己很嚴格的話啊。

「小玉同學，我瞭解了。這件事我道歉。那麼今天一定要讓我輕輕咬一下手肘的部分……」

「真纏人！不懂妳什麼意思！」

日南聽見了那種莫名其妙到不行的要求，就從深實實的頭上用力敲了下去。

「好了深實實，差不多該停下來了。」

「遵命，上校！」

深實實迅速地敬禮。

「真是的……深深到底什麼時候才會靜下來啊！」

「嗯～」深實實露出認真的表情。「差不多到就職的時候吧？」

「意外地踏實!?」

日南很快地吐槽。

……還真是投合啊。不過，這是當然的吧。

這三個人之間，有著就像小玉玉說給我聽的，非常強韌的牽絆啊。

我一邊想著希望她們可以一直都是這樣子，還有感情要好的女孩子真的很棒之類的事，一邊眺望著這樣的光景。明明是一起踏上歸途卻投以局外人的目光。我這種行為想必很不好吧。

「那這樣子如何呢！我就先把腿窩給妳……」

「沒興趣！」

不過像這樣被小玉玉嚴厲警告的深實實，每次都是大大地張嘴哇哈哈笑出來，看起來很幸福。那在我的眼裡看來，只是完全沒有虛假的純粹的笑臉，而我也擅自想著，像這樣為了守護可以開心地笑出來的居身之所，深實實真的很努力啊，這一類的事情。

——可是隔天，深實實的樣子有點改變了。

「啊，呃，抱歉！雖然沒有睡覺可是意識飛走了！雖然沒有睡覺！」

教室微微傳出笑聲。

「啊——知道了知道了！那就換下一個吧~呃……」

「抱歉！」

現在是第三節課。老師指定她回答問題，然而深實實明顯是坐著睡著了。雖然我跟她同班也才三個月，不過從來沒有深實實上課睡著過的記憶。而且，剛才那樣子，已經是今天的第三次了。

不過說到這又如何了嘛，總覺得，我能想得到她會這樣子的原因。

「……呼。」

視線移過去之後，就看見了皺起一張臉，像是為了專注起來而呼氣的深實實在那邊。

上課結束，小玉玉過去對深實實搭話。

「深深沒事嗎？」

深實實笑著拍了胸口。

「沒啦——！昨天看了不能這樣使喚小鬼的DVD就停不下來了啊～！幾乎沒有睡就來了！說真的很睏！有夠睏的！七海，OUT～！」（註13）

「不是說這個。妳沒事嗎？」

小玉玉比起平常更加地嚴厲，用真的有點可怕的語調這麼說。

「並不是沒事！希望打個屁股把我的睡意趕走！」

「深深？」

小玉玉瞪了深實實。

「……不過除此之外，都沒事。」

註13　「不能這樣使喚小鬼」原文為「ガキ使」，即日本搞笑綜藝節目《ダウンタウンのガキの使いやあらへんで！》的簡稱。節目中很有名的一個單元為「不准笑系列」，在錄製該單元時無論發生什麼狀況，上通告的來賓都不能笑，如果笑了就會受到懲罰，而且會被主持人叫名字講「OUT～！」

「我知道了，沒事喔？」

小玉玉這麼說，就離開了教室。深實實很困擾似地笑了。

頂多也就是『沒事』這樣子。那麼，就算我問了應該也沒用吧。

不過，小玉玉離開教室的時候我稍微看到的，看起來很不安的側臉，果然令人有點在意。

＊　＊　＊

「不知道是怎麼了呢……七海同學。」

第四節課之前的下課時間。今天是星期三，所以就像平常一樣來了圖書室。菊池同學很稀奇地積極搭話過來。是會在意那種事情的人啊，這個女生。

「對啊……樣子挺奇怪的呢。」

「非常少見呢。」

上課睡著對於學生來說雖然不是什麼大不了的話題，不過就算那樣想，樣子還是有點奇怪。

說白了，我心裡有底。

「因為她最近，社團活動好像很努力。」

連續兩天都留到最後，連續三天做不習慣的晨練。

「……原來是那樣啊。」

菊池同學很擔心似地把目光垂低。

「我覺得……是拚過頭了。」

根據今天早上的會議所聽到的，深實實今天的晨練，好像也是比日南還早到的樣子。

從操場整理過後的練習痕跡來判斷，看來並不是真的在非常非常早的時間就到了。差距想必是幾十分鐘這樣。

順帶一提，早上日南出給我的課題是，決定跟菊池同學去看電影的日程。但總覺得現在已經不是能做那種事的感覺了啊。

「……原因是，學生會選舉吧？」

「唔～嗯。」我煩惱著。「……契機，應該是那個吧。」

菊池同學的視線維持在桌上游移。

「日南同學她……」

「咦？」

菊池同學的嘴裡竟然出現日南的名字，真罕見。而且還是在這種時間點。是不是因為是深實實在選舉中的對手呢。

「日南同學她……是怎麼樣的一個人呢？」

「呃，怎樣的人，是指？」

我不知道該如何回答。就算提到學生會選舉的話題，但問她是怎樣的人，是什麼意思啊？

「啊，對不起……我以前就覺得她是很厲害的人而很在意……畢竟你們兩個人之前一起來店裡，我想你們是不是很要好。」

「啊啊。」這樣啊，的確是這樣。「怎樣的人嗎？我所知道的是……」

我整理著自己所知道的事情而煩惱著。

有完美主義、是個玩家、不服輸、嘴巴很壞、是很努力的人，也是很有自信的人……

這些裡面可以拿來講的就是。

「嗯——有完美主義，又很努力的人，差不多就這樣吧。」

「是這樣子啊……」菊池同學又煩惱起來。「那麼……」

「那麼？」

菊池同學的視線筆直地朝向我這邊。

「——為什麼，她是一個有完美主義，又很努力的人呢？」

我一瞬間，沒有話可以回她。

「……呃，呃呃。」

我並沒有用來回答這個問題的答案。

「啊，不，對不起！你應該……不知道吧，那種事情。」

「唔，嗯。」

菊池同學像是要告一段落並且開啟新的話題而吸氣。

「七海同學，應該是正在跟日南同學競爭……沒有錯吧？」

「呃，大致上是那樣沒錯，不過妳怎麼知道？」

然後菊池同學就把眼光投向桌上那本闔起來的書，像是很困擾一般地回答。

「雖然，並不是我真的瞭解……不過有想像。」

「想像？」

像是在看小說的時候，想像登場人物的心情那樣嗎？

「這個人為什麼會做這樣的事情之類的，我非常地在意。」

「呃，像是行動的理由，或者動機那些？」

「嗯。」菊池同學點頭。「大致上，我都會自然而然地想像起來。當然，我想我搞錯的情形比較多就是了……是妄想呢。」

菊池同學帶著有所顧慮的感覺而邊笑邊說。

「是這樣啊？」

「畢、畢竟……我有，在寫小說……」

菊池同學臉紅起來而低頭。

「啊，對、對喔!的、的確!所以那方面很重要吧！」

我拚命地圓場。菊池同學讓表情緊繃。

「……可是，日南同學的動機，我不瞭解。」

「日南的……動機。」

菊池同學像是尷尬般地把目光朝下那麼說。

可是，仔細想想，我也不瞭解。日南葵一直是以第一名為目標。我一直都覺得她就是那種人，思考的時候多少把那種習性當成了前提——那麼做的理由嗎？

「跟不瞭解動機是什麼的對手互相競爭，我想是非常難受的事情。因為，看不見終點。」

「看不見終點……」

我聽了她這麼說，就試著想像看看。

看不見終點的競爭。那確實就像跟看不見體力底限的怪獸進行持久戰一樣的行為啊。到底要努力到什麼地步才行？到底對手的極限在哪裡，說起來對手真的有極限嗎？就是因為不曉得那一切，才那麼可怕。

「……所以，七海同學她也是。」

「很難熬……的意思嗎？」

今天令人十分感受到人性的菊池同學的話語，讓我不禁又思考起許多事情。

＊＊＊

「抱歉，菊池同學的課題，沒有辦法達成。」

當天的放學後。日南皺起了眉頭。

「……我並不是打算出給你難到那種地步的課題的說。」

日南露骨地以不高興的表情這麼說。課題本身的確是想做的話就能達成的吧。不過我對她說明，因為對話變成了深實實的話題，而不是那種『氣氛』了。當然，關於日南的事我就模糊地隱瞞起來了。

「原來如此……確實，變成有點不太好的情況了呢。」

「對吧。深實實，有點勉強自己了。」

在那之後我也想了不少，不過她大概不只社團活動是那樣。畢竟社團活動拉長，相對地也會影響到課業，我覺得她在那方面也在勉強自己。

「對。可是……不，真是這樣嗎？深實實就這樣持續配合我的練習的話，說不定會造成一點問題。可是，畢竟是她在某個點停下來的話，就可以結束的事情……」

「我想……也是啊。」

目前，的確還是深實實有點勉強自己，罕見地在上課時睡著了，就這樣而已。就算把事態看得太嚴重也無濟於事。

「我也會，婉轉地對她說一下……雖然做得到的事情，真的很有限就是了。」

日南把目光向下。

「說得也是啊。」

「因為某個層面上——我，就是原因呢。」

「那種說法……」

日南果然也知道。知道為什麼深實實最近會開始拚成那樣。不過，那個日南是不可能不知道的吧。

「……考量到各種思緒像這樣子錯開的話，會導致『上課睡著』這種程度的不良結果，觀察情況應該才是上策呢。」

「說得是沒錯啦……我也是那麼想。」

「總之，就盡量做自己能做到的事情，剩下的就交給當事人吧。」

「啊啊，也對。」

流淌著有點渾濁的氣氛。

「可是。」

日南像要切開那種氣氛一般地說出話來。

「以你身處的立場來看，說不定她可以跟你諮詢一番。」

「咦？」

日南以認真的表情，盯著我不放。

「好好地思考那方面的事情，說不定也是一個課題呢。」

然後在會議結束之後。我在圖書室讀著安迪作品，但後來還是變成裝成看書的樣子，而專注於思考各式各樣的事情。

關於深實實、關於小玉玉、關於日南對我講的事情。

現在我所懷抱的不安，是朦朧得不知道關於什麼，也不知道該從哪裡開始思考才好的不安。畢竟甚至會有一到明天深實實就像什麼都沒發生，然後一切就結束的可能性，只是那樣子的輕微事態。所以，我心裡要自己不要想得太過頭，可是，我還是在思考。日南所說的『以你身處的立場來看』。我覺得那番話在解決這個問題的層面上，還有經驗值的層面上，都會派上用場。而且，她都說了那是課題了啊。所以我不是想要多管閒事之類的，我有思考那件事的理由。

後來時間經過，差不多到了日南跟深實實之外的社團活動結束的時間。我想說小玉玉差不多已經過去了吧，而前往了教室。

「……友崎，今天也來了啊？」

已經先到的小玉玉，對把門打開的我搭話。

「喔喔。」

小玉玉的眼光朝向窗外。

「深深，有點在勉強。」

「果然是那樣啊。」

「是不是因為不想輸呢……因為葵，在我們學校的田徑社幾乎所有的項目，都拿了第一的樣子。」

「啊哈哈……這樣啊。」

果然很可怕啊，那傢伙。

「這種時候，該怎麼做才好呢？」

小玉玉她露出真的很迷惘的模樣提問。

「到底該怎麼做，才好呢？」

我不知道答案，幾乎只能像鸚鵡那樣回應。

「是阻止她比較好，還是不要阻止她比較好呢？」

「啊啊……」

這樣啊，這時我發覺了。

「要她不要勉強比較好，還是讓她能努力到極限比較好呢？」

「……不知道哪個才好呢。」那是，身為人生新手的我來說不可能理解的難題。

「果然像那樣上課睡著之類的，是因為練習過頭了吧。」

「嗯。絕對是那樣。現在也是在練習，勉強著自己。怎麼看都是。」

「這樣啊……」

進行著這樣的會話同時，我跟小玉玉眺望著外頭。

深實實今天也是一直陪著日南練習到最後。

儘管體力確實地減少，還是繼續配合努力之鬼・日南葵的行程。我覺得那是十分應該尊敬的行為，也是該去尊重的行為。

可是，那樣的行為裡頭也存在著，就算現在撐得下去，總有一天某個地方的齒輪會失控般的，那種朦朧的疙瘩。

然後我跟小玉玉前往操場，又幫忙她們整理，會合之後四個人一起離開學校。

那是，像平常一樣感覺很開朗的氣氛。

從離學校最近的車站開始要分成兩路，只有日南是反方向。變成三個人之後，深實實也是像平常一樣地開朗地說著話。然後因為我跟深實實離家最近的車站都是北與野，就一起下車了。

「哎呀——！到了晚上又很涼快呢！」

明明白天差不多已經變長了，太陽卻完全下山而到了晚上。因為妳們兩個人，一直練習到那種時間了啊。

「是啊。」

我不禁回以不怎麼在乎的回覆。

「怎麼了～？便祕嗎～？」

深實實的狀態實在太平常了，要是沒有小玉玉或者日南說過的話，我應該不會覺得她是裝出很有精神的樣子吧。

不過，我已經決定了要在現在問她看看。

「我說啊。」

「……嗯？」

深實實敏感地感受到我的緊張，露出了像是有點做好準備的樣子。

「只有一件事啊。」

「什麼？」

我很快地吸了一口氣，堅決地把話給吐了出來。

「我以懷有想要贏過日南的想法，一起戰鬥過的同伴身分而想要問妳。」

這一句話，是參考了日南所說的，我放學後花了好幾個小時思考過後的王牌。

我覺得要是這招沒有起作用，我就沒有辦法再踏進這個問題了。

「……什麼？」

深實實用比平常還要認真的語調這麼說。

我努力地直視她的臉，同時開口。

「果然現在……還是，想要贏過日南，而一直在勉強？」

深實實的表情顯露難色。然後像是不甘心一樣，「哈啊」一聲嘆了口氣。

「說是一起戰鬥過的夥伴之類的有點狡猾呢～友崎！那樣子，不就不能說謊了嘛。」

深實實多少有點傷心的樣子，而咯咯咯笑著。

「這就是說，果然有？」

「唔～嗯。」深實實困擾地笑出來，迷惘了一陣子。「並沒有勉強喔。不，應該變成有在勉強了吧？可是應該說，就算那樣也是有好好考慮才這麼做的嗎。」

「有好好考慮？」

那到底是什麼意思呢。

「嗯——我想想。的確，算是挺難熬的呢。身體狀況跟精神狀態上都是。可是這該怎麼說呢……友崎你應該可以理解，所以我會說就是了。」

「……嗯。」

對於那番話，我把想要做出「不不不我這種人只是個單純的非現充喔」這種逃跑用的謙遜心情用力壓抑下來，而靜靜地點頭。

「雖然痛苦到現在會想要馬上停下來的程度，不過，要是在這裡停下來的話大概會更痛苦吧。」

我倒抽了一口氣。

深實實以像是做好了覺悟一般的堅強視線，看著我這邊。

「——這樣啊。」

我沒有辦法再多說任何話。

那是，就連對小玉玉也隱瞞著的真心話。

深實實她現在，到了已經想要停下來的程度，真的痛苦到不行了。

可是更重要的是——如果在這個時候放棄而輸下去的情形會更加痛苦。

深實實她，就是這麼說的。

「嗯……就是，這樣呢。」

是那樣的話，就已經完全沒有可以從我嘴裡說出來的東西了。

在途中停止努力，而在後來輸掉的痛苦我也曉得。

所以，我能做的只有單純地沉默。

我不可能，nanashi 不可能，去否定她那樣子的行為。

「那麼……」

我聽見了，一直停留在第二名的深實實的思緒。

畢竟也理解著中途停下來的痛苦，也看見了像是要逐漸消失一般的笑臉。

也知道了，憧憬著特別的存在，為了讓自己也變得特別而想要努力的那種思緒。

這樣的話，對於那一切，我覺得身為不服輸的玩家，只能尊重而已。

「那麼……加油吧。」

我可不是會阻止不服輸的人為了更高的目標而全心全意努力，看風向到那種地步的人。

要她不要勉強比較好，還是讓她努力到極限才比較好呢？

玩家以玩家的身分，給予不服輸的人的答案，只有一個而已。

比我更早一步，把選舉輸掉的份，給扳回一城吧。

＊　＊　＊

星期四。第二服裝室。

「看起來比昨天……還更加疲憊的樣子呢。」

日南對我報告深實實晨練時的模樣。

「這樣嗎……」

可是我知道深實實的想法，而置身支持她的立場。深實實是認真的。她停下來的話還比較痛苦。這樣的話，我希望她徹底做下去。雖然我當然不希望她勉強……

「大概……幾乎都沒有睡。會不會是回到家之後，也有在做什麼自發的練習呢。這樣下去……我覺得接近極限了。」

「嗯，說不定……有做到那種程度啊。」

我點了頭。我微微地有感受到那樣。不只是社團活動，課業也是，深實實一直想要贏過日南。搞不好，社團活動的自發練習，還有為了打倒日南而讀書，她兩者都有在做也說不定。不，以那樣的認真度來看，她大概有做到那種程度。

「可以的話是想在她倒下去之前說服她，可是就算我說了也是反效果……」

「也是啦。」

被正好就是想要贏過的對手勸說要停下來也沒用吧。日南按著額頭。

「你，有沒有可以說服她停下來的自信？」

日南緊緊盯著我的眼睛這麼說道。是不是代表著我辦得到的話，就希望我去做呢？

我一瞬間不知道該怎麼做而迷惘，就結果來說，我老實地說了出來。

「我——想要尊重，深實實想要努力下去的想法。」

日南把眼睛睜得圓滾滾的而僵硬了幾秒，短暫地說了「……這樣啊」，而把目光別開。

我有著，身為『玩家』做出這個決斷是正確的，這樣的自信。

可是我自己也因為不確定那對人生這款遊戲來說算不算正確，而覺得不安。以菊池同學的說法解釋就是『動機』。我一直覺得不知道動機的話，就沒有辦法導出那個答案。

「欸，日南。」

「……什麼？」

日南用似乎帶有警戒感的話語回我。

「深實實她，為什麼那麼地執著在妳身上啊？」

承受我的話語，日南思考似地一瞬間讓視線游移在半空中，後來終於開了口。

「……國中的時候，在縣大賽啊。讓深實實讀的國中輸掉的，是我。」

「咦？」

如果那是真的的話，我覺得是跟這個纏繞在深實實身上的問題有關的重大關鍵點。

「可是這並不是我該講的話題。所以如果你在意的話……去問其他的人。」

日南只說了這些就把話打住。嘴巴緊緊地閉成一字形。

可是，緊緊盯著我的那雙眼睛並不是拒絕我的那種感覺，看起來反而是多少帶著期待的樣子，這樣的話——我覺得，我就是該做下去吧。

＊＊＊

教室。我這一天，一直為了自己給予自己的課題而奮鬥著。

為什麼深實實會執著於日南，為什麼她會努力到那種地步，我想知道。

如此這般，我先詢問講到深實實的事情就應該最先找的人，也就是小玉玉，她是說「國中時的事情我不太曉得呢——」這樣子。小玉玉不知道的話，當成深實實從高中開始交的朋友全部都不知道應該可以吧。

既然這樣，我就直接「妳認識跟深實實讀同一所國中的人嗎？可以的話，最好是同個社團的人」這樣問小玉玉看看。然後她說了「雖然不知道是不是同一個社團，同一所國中的我記得是……」並且舉出了幾個人的名字。幾個男生跟女生。理所當然地，那些人之中沒有我的朋友。要說原因是什麼的話，歸根究柢是我幾乎沒有朋友。

然後這時得到了意外的資訊。

「深深，國中的時候好像是籃球社喔。」

「咦？是這樣啊。」

小玉玉講得很順的這個資訊。嗯，雖然沒有直接的進展，也是令人在意的資訊。也就是說日南以前也是籃球社的吧？有點意外。

那麼變成這種情形的話。為了問出跟深實實同樣國中時代的社團情形，就必須掌握誰以前有加入女子籃球社才可以。

……這樣的話，也只能實際去問了啊。

那麼就來問話收集資訊吧！雖然會緊張，不過跟至今受過的斯巴達對待比起來根本不算什麼！

午休。

我盡可能對屁股施力，挺胸行走，靠近一個女生。

「那、那個——松下同學。」

「……呃——友，崎同學？」

思考著我的名字而回應的同班女生，松下同學。黑髮妹妹頭加上看起來清純的外表，她坐在椅子上整理著筆記本跟文具。小玉玉的說法是她跟深實實讀同一所國中。印象中的確常常看到她跟深實實交談。

「有一點事情，想要問妳……」

我盡可能讓嘴角上揚的樣子自然一點，用著開門見山的語調這麼說。

「嗯，什麼事？」

不知道是不是盡可能讓人不會覺得不舒服而說話的成果所致，她意外平常地回覆我。只是得到很平常的回覆就會開心，這種自我評價的低劣也不是現在才開始的。

「呃。松下同學，跟深實實是同一所國中的嗎？」

「……？嗯，是這樣沒錯。」

「啊，那麼，妳知不知道有誰，那時跟深實實一樣是籃球社的？」

我想辦法不大舌頭就說完預先思考過的台詞，等待著回答。

「呃……不知道有沒有耶。」

「啊——沒有嗎？」

這樣的話，這個課題就會突然受挫就是了。

「啊，等一下！可是應該……應該有個學妹才對！跟深實實很要好的……」
學妹？跟深實實很要好？我這時突然想了起來。
「呃，該不會……妳是說，山下學妹？」
「啊，對，就是那個女生！山下學妹！有演講的女生！國中的時候有當深實實的小弟！」
「小弟……」
對於不怎麼現代的詞語有點驚訝的同時，也覺得如果是深實實的話應該會說「妳今天開始就是我的小弟！」之類的話來胡鬧所以就接受了。然後這時我回想起來。話說深實實曾提過，她跟山下學妹國中開始就認識了啊。
「這樣啊，謝謝！」
「啊，就這樣？不客氣。」
我抄了泉那種感覺輕快的語調傳達感謝的同時，離開了教室。
「啊啊，前幾天辛苦了！你是友崎學長吧！」
一年級的教室前面。山下學妹在我找她出來之後用氣勢不錯的語氣回應。我覺得明明只打過一次招呼卻牢牢記住名字，表現了她性格的直率。附帶一提，在並列著一年級教室的走廊上走來走去，看見一間教室裡頭有著山下學妹的身影，後來到搭話之間花了五分鐘以上的過程，已經是我想要忘記的回憶。我對不認識的低年級學生說話的時候，「那、那個，可以麻煩幫我請山下學妹出來嗎？」這樣子用了敬語。
「啊，呃——選舉的時候辛苦了。」
姑且就用這種，像她那樣的寒暄開始看看。現學現賣。
「學長才辛苦了呢！深實實學姊，很厲害呢！」
「啊——呃，沒錯呢！」
剛才山下學妹的說法，想必是指那個臨場演出很厲害的意思吧。我曖昧地模糊話語，同時回以肯定。
「那麼，今天有什麼事嗎！」
山下學妹以像是「如果有什麼地方能幫上忙的話儘管說！」的笑容說話。
我打算好好地依賴她所說的話。
「那個啊……我想知道，深實實跟日南國中的時候關係是怎樣的。」
山下學妹做出了「啥啊」這種搞不清楚狀況的回應，然後說了「呃，那是指哪方面？」
啊，對喔。我忘了。就是所謂的「為什麼要問那種事情」的意思吧。她會回我「為什麼？」也是理所當然的啊。我忘了準備好理由再過來，可是也沒辦法馬上就說個巧妙的理由，所以——
「啊啊，沒有啦，沒什麼特別的理由就是了……」
山下學妹一瞬間目瞪口呆地注視著我，後來像是搞懂了我在想什麼一樣而咿嘻嘻地笑出來。

「啊啊——！原來如此！是那麼一回事呢！畢竟也幫忙了選舉了啊！就交給我吧！因為籃球社時代的學姊的事情，我可是最清楚的！」

「咦？啊，這樣啊？嗯。幫了大忙。」

我雖然搞不懂不知道為什麼點了點頭、同時露出滿意笑容看著我的山下學妹表情的意思，不過可以從自負『最清楚』的學妹那邊打聽詳情可是大功一件喔。

「深實實學姊跟日南學姊呢……」

像這樣起頭講出來的內容，是這個樣子的。

深實實在國中的時候，一年級開始就以籃球社先發的身分擔任王牌球員，每年都把社團帶到縣大賽。然而實際上，社團是深實實在獨挑大梁，她跟其他先發之間的努力分量差距說真的實在太明顯，是無論誰都看得出來的程度。順帶一提，山下學妹是憧憬著深實實，但因為對於球技沒有自信，而以經理的身分加入社團的樣子。

「可是，深實實學姊，有點……該說被孤立嗎？因為只有她一個人拚命地練習……」

據說當時是沒有露骨的霸凌或者視而不見之類的，卻常常聽見『那傢伙是怎樣？是不是沒看氣氛啊？』『故意諷刺我們？』這種私下說的壞話。

「也有過覺得是不是這麼努力的自己很奇怪，而悲哀地笑著的時期。」

據說在大賽中輸掉之後，大家還是說著『能撐到縣大賽很棒』之類的話互相讚揚各自的活躍，深實實雖然也配合她們笑著，但是內心充滿了不甘。

那份思緒只有對山下學妹表明而已。

『目標的差別』這種社團內價值觀的龐大差距，只有對深實實造成溫差。

我的眼裡浮現出誇張地笑著的同時，表面上是配合著周遭，而在背後努力的深實實身影。

「可是深實實學姊，好像是在三年級時的大賽看到了日南學姊，才想說要努力的樣子。」

這時出現了日南。

不知道為什麼一年級跟二年級的時候並沒有成為先發，不過在深實實跟日南三年級的時期，身為隊中超級王牌的日南非常地活躍。似乎是直到前一年都幾乎沒有名氣的學校一口氣衝到了全國第二的樣子。啊，不是第一名啊？會這樣想是因為那傢伙非常厲害吧。

「而且，那個日南學姊的隊伍也是……嗯，就她獨挑大梁。」

獨挑大梁而拉著整個球隊的王牌。就那個層面上，日南跟深實實的境遇很類似。

可是，兩邊都一樣是在縣大賽出場的學校。就像日南也說過的一樣，深實實是運氣不好……

「深實實學姊，三年級的大賽……輸給了日南學姊的學校。國中的最後一場大賽，就在那時結束了呢。雖然實質上是王牌對決，可是那已經是不小的分數差距……那樣子，深實實學姊當然非常地不甘心，可是比起那個……」

輸給日南的隊伍時。最後的大賽，就跟前一年一樣『停在縣大賽』而結束的時候。

留下印象的，是深實實以外的球員，又說著『今年也能撐到縣賽太好了！』或者『已經使出渾身解數了！』之類的話的樣子。

而且深實實她，就只有那個時候，沒有配合其他人說的話。

「經過剛才的比賽，妳們還不曉得嗎？剛才讓我們輸掉的同樣年紀的女孩子，是花了多少的努力，妳們不曉得嗎……當時深實實學姊好像是這麼想的。」

深實實在那時，似乎是第一次對大家表明自己的想法。「一點都不好喔。就縣大賽而已，還不夠」這樣。不想輸，之前就不想輸，她表明了這種全心全意的想法。

然而，其他球員對那樣真心話的回應是，「我知道深奈實一直有在努力，不過到縣大賽很厲害了喔。」「已經有十分不錯的結果囉。」「連續三次喔！」這一類的話語。

「……聽了那些話的深實實學姊，好像覺得已經不管怎樣都沒差了。就說『嗯，說得也是。很不錯了！』，又隨便地配合其他人說話的樣子。」

無論說什麼都沒辦法讓其他人理解。所以就不再期待了。

據說深實實就是像那樣子落下淚來。

「可是在那之後，跟那個日南學姊偶然進了同一所高中。我想她是覺得，只有日南學姊可以理解她那樣的心情，之類的。畢竟我也是這麼想！」

「這樣啊……」我一邊思考著，一邊深深地點頭。「嗯，是很好的參考。謝謝妳。」

我盡我所能一邊看著山下學妹的眼睛一邊這麼說。

孤獨地戰鬥著的國中時代。可是進入高中，有了可以互相理解價值觀的對手。有了可以競爭的對手。所以不想輸，是不是這樣子呢？不清楚的同時，我有這種感覺。

所以，該怎麼思考這個問題，我覺得我有那麼一點點頭緒了。

「我會害羞所以不要這樣子看我啦！深實實學姊的事情，就麻煩你了喔！感謝學長的聆聽！」

「咦？哈哈……嗯，我才要謝謝妳。」

聽她說了會害羞之類的神祕的場面話，我還是對她回禮而回去教室。

然後到了放學後。我在圖書室裡思考著。雖然沒辦法誇張到說我理解了深實實的所有想法，不過就算那樣，我果然還是想要幫深實實加油打氣。

接著到了太陽下山的時候。透過窗戶往下看，就看到像平常那樣只有兩個人練習到很晚的畫面。

——深實實就像那樣子配合著日南而持續努力，也加上了放假的週六日自發練習之類的，而經過了一個禮拜。

＊　＊　＊

因為還掛念著深實實的事，所以自然而然地沒有那種氣氛，沒辦法決定跟菊池同學看電影日程的星期一跟星期三再次過去，又到了星期四。

雖然從日南那邊接到了繼續『讓隨便一個人笑出來』這樣的課題，不過從隔了一週還沒有提出新的課題這點來判斷，應該是以深實實的問題發展情況來看，不進行課題也沒關係的那種『氣氛』吧。

而且，當事人深實實，變成了非常糟的狀態。

腳步明顯地不太穩，講話也沒那麼有力。上課當然也有睡著。

明明之前都還可以用「沒問題」應付下去，卻沒有逃過小玉玉「欸，說老實話，很累吧？」這種追問，到了會說出「嗯，說不定感覺有點累」的程度。雖然就像平常一樣會做些蠢蠢的事情，不過該怎麼說，疲態很明顯。

我想要幫深實實加油打氣，但果然還是有點擔心了起來。這樣的話，小玉玉擔心的程度想必比我更高吧。

不過在這一天的放學後，發生了想都沒有想過的偶然。

放學後跟日南開的會議，也是確認今天深實實的狀態之類的就結束，我回到教室思考著今後該怎麼做的時候。

「今年梅雨真久耶～」

泉拿著書包做著社團活動的準備，同時不經意地對我搭話。

「咦？」我從窗戶往外看。「……下、下雨？」

「這樣讓人懶得動呢～畢竟髮型都會塌掉。雨在回家前下完的話沒差就是了。啊，我先走囉！」

泉開朗地揮手而前往體育館。

——雨。

七月也剛好到了下旬，不過現在還有梅雨。雖然我覺得連小玉玉說了都沒辦法阻止的話，就沒有任何情況能停止深實實的練習，不過，還有天候。

靠近窗戶看看之後，發覺雖然沒有到暴雨的程度，不過雨勢還是挺強的，至少在這裡可以看到的操場範圍內，每個運動系社團都沒有進行練習。

眺望外頭一陣子之後環顧教室，沒有看見深實實。因為是會議過後，所以日南當然不在。小玉玉——她在。她出了教室到陽台那邊確認天候。

「下雨了呢。」

我搭話過去後，小玉玉帶著複雜的表情回過頭來。

「不知道，這樣是不是很好呢。」

看來是不知道該把自己的感情往哪裡放而迷惘的樣子。

「不知道呢。可是，這種天候的話日南也沒辦法練習……也就是說，深實實就算休息，也不會拉開差距。」

「啊，對喔。的確是這樣！沒辦法造成差距的話，深深還能休息就是賺到了吧？」

「……是啊。」

實際上，我覺得是在非常好的時間點下起了雨。深實實也是差不多到了極限的那種感覺，這樣子的話就算沒辦法練習也是無可奈何的，在我想著這一類事情的時候。

「欸……那個。」

小玉玉發出焦急似的聲音。仔細一看，她正指著操場。

我把目光朝向那個方向。

「……真的假的。」

田徑操場上，有一個套了雨衣，讓人覺得是女性的人影。

而且那個人影，開始做起田徑的練習。這代表——

「那是……」

小玉玉漏出很擔心的聲音。

可是，看不見臉。不知道是哪一個。是深實實，還是日南？就算是日南的話也十分合理。看了那傢伙如同魔鬼一般努力的樣子，就算是下雨天，說不定還會說，這種程度的雨勢只要穿個雨衣就夠了吧。甚至會說反而可以當成惡劣條件下的練習所以是很貴重的機會，之類的。說不定會那麼說。說不定會那麼說啊。

可是，如果是深實實的話。

昨天開始腳步不穩，到了今天狀態已經很糟的深實實。

如果是那樣的深實實，現在像這樣，正在雨中進行練習的話。

那不就真的很危險了嗎？

不知道是不是直覺地理解了那件事，小玉玉說了「我過去一下！」就急忙從陽台回到教室，打算往操場跑過去。

可是這個時候，我看見了。

「等、等一下！」

我阻止了她。

「……什麼!?」

小玉玉聲音有點粗魯地問我阻止她的理由。

「——搞錯了。」

「咦？」

我湧起像是安心，也像是反而不安一樣的感情，同時對小玉玉說道。

「那個人，是日南。」

小玉玉走回陽台，對人影凝視了一陣子。然後。

「……真的耶。」

像是察覺到而發出聲音。

安心似的，也像是驚訝一樣，或者是兩者皆非、沒有力氣的音色。

「嗯……是日南，沒錯。」

我沒有辦法整理我的感情，就維持著沒有整理的感覺而直接化為言語。

「深深，回家了嗎？」

「天曉得……」

我跟小玉玉在那之後，三不五時地你一言我一語交談著而眺望操場。沒有深實實要來的跡象，可是日南她，在不管怎麼看條件都差到不行的積水操場上，不停地持續練習，維持了幾十分鐘以上。

「沒有來呢。」

小玉玉以沒有起伏的語調這麼說。

「嗯，畢竟，雨下成這樣啊。」

我理解那是沒有負面成分也沒有正面成分的話語同時，嘴上這樣說。

「太好了……」

該說小玉玉的這番話有點缺少平常那種認真的感覺嗎？聽起來像是連她自己都沒有辦法理解自己的感情是怎樣。

「說得……也是啊。」

我也再次回以有點心不在焉的話語。然後我們兩個人又一起無話可說。

在這場雨中，獨自一人耗了幾十分鐘，簡直像個傻子一般練習著的日南。

模糊地看著那個身影，我一點一滴地，開始整理起自己的感情。

我覺得，深實實處於那種狀態還在雨中練習會很危險，希望她不要那麼做的同時。

身為玩家、身為並肩作戰過的夥伴，我為深實實加油打氣的心情比那種想法還要重。

所以我打從內心，祈禱她總有一天會贏過日南，希望她成功地扳回一城。

可是，我在這裡不由得看見的，是深實實的某一種『努力的極限』。

看見了深實實屈服於『雨』這種『不去努力的理由』，這種無可曲解的事實。

想到最後——我現在，內心的某個地方已經有所確信了。

深實實今後無論多麼努力，都絕對沒有辦法贏過名為日南葵的怪物。

後來沒過多久雨勢就轉為暴雨，強如日南也是回去了。

把那個情景看到最後的小玉玉去參加社團活動，我便這樣直接回家。

6 也有只靠等級低的角色沒辦法解決的事件

隔天，星期五。

根據會議的內容，日南今天早上也是在同樣的時間來到學校，打算在放學之前盡量整理操場，把整理操場當成晨練來做，然而深實實沒有到。不過那大概是因為深實實沒有想到可以用晨練來整理操場吧。

這天的深實實，雖然很有精神不過並沒有精神。

上課沒有睡著，也沒有那種腳步不穩的樣子。或許是因為昨天放學後下了雨而有辦法休息，所以多少恢復了體力吧。

可是，她做蠢事的次數減少了。會去咬住小玉玉、對小玉玉性騷擾。還有會像選舉以後的感覺那樣，誇張地糾纏上我。

在疲勞的狀態下也勉強做著的那些蠢事，明明體力應該已經恢復了才對，次數卻比平常還要少。

可是，這說不定只是我戴著有色眼鏡看她，擅自想得太深了而已。或許是，深實實自然而然地感受到了我們這邊的尷尬氣氛，而有所顧慮也說不定。

深實實的變化並不是決定性的，那是從旁人的角度來看，大概只會覺得就像平常一樣，沒什麼大不了的程度。

小玉玉也是，看起來一直在迷惘的樣子。

放學後，過了晚上六點的時候。

「友崎……今天，她有來做。」

我就像平常一樣在圖書室消磨時間後，想說小玉玉應該到了就回去教室，而她就如我預料地已經在了。小玉玉理所當然似地空出身旁的位子。

「是在……整理操場嗎？」

「看來是那樣呢。」

操場上，有著正在進行作業的日南跟深實實的身影。

「明天開始就是週末了還這樣？明明放著不管應該也會乾的。」

「星期六也有自發性的練習，上週深深好像也有去練的樣子。大概是為了那個。」

「咦，就為了那樣？」

週末完全不管的話，週一就會乾了。明明是那樣卻還特地整理操場到這種時間嗎……

老實說，那樣子已經會讓人想問，她們到底是以什麼為動力去做那種事。

能看見的人影還是一樣只有兩人。用像是海綿一樣的東西吸取操場上的水，再擰到水桶裡。重複著那樣的動作。是樸素得很徹底的作業。

「咦，那個，其他的社員呢？」

「今天好像不是在校園裡練習的樣子。那個時候，葵跟深深也有去練習喔。有在體育館的外圍跑步。」

「啊啊，原來如此。」

因為小玉玉是排球社，所以有看到她們那樣。

「我覺得是結束以後，只有兩個人過去，一直在整理操場。」

「這樣啊。」

我跟小玉玉暫時地，守望著那兩人的身影。

然後，發生了異變。

「欸。深深……一直坐著。」

「……真的耶。」

仔細一看，日南拿著海綿跟水桶，一個接著一個處理掉四散的水窪。可是深實實她現在在操場的一個地方坐著，而且一動也不動。看起來日南會三不五時對她說話，可是話沒有講得很久。

過了一陣子後深實實就站起身來，靠近日南身邊，彼此說了幾句話後就朝著從教室這裡看不見的校舍走過去了。

小玉玉很擔心地緊緊盯著我的臉。

「是怎麼了呢？」

「……不曉得。」

後來繼續眺望操場幾分鐘過後也沒有深實實回來的跡象，我跟小玉玉面面相覷，而前往日南所在的地方。

「葵！」

到達操場，小玉玉對日南出聲。

「花火，還有友崎同學？」

日南看到我們，很驚訝地抬起臉來。日南的手跟鞋子都沾滿了泥巴，連指甲縫裡頭都有土滲進去。這樣一看，就可以切身地感受到那份努力。

「深深呢？」

小玉玉像是要掩飾憔悴般地說。

「深實實她……剛才回家了喔，好像是有要在家裡頭做的事情。」

日南似乎覺得尷尬，語調陰沉。

「……她沒事嗎？」

小玉玉筆直地注視日南這麼問。

「我覺得……並不是沒事，不過她大概不會跟別人說。」

聽見日南這番話的小玉玉表情揪緊成一團，往校門的方向跑了過去。

「等一下！」

日南阻止了她。

「為什麼？」

「深實實會逞強，不會說出來的。她會笑著說『沒事的喔～！』，然後又一個人悶在心裡。」

「可是……」

日南這時不知道為什麼看著我。

「友崎同學。」

「咦？」

我不知道該怎麼應對才好。

「我們不知道的事情，你從深實實那邊聽了不少吧？」

日南說的是『雖然會議中沒有報告，不過我知道你有聽過我跟花火都沒有聽過的，深實實的真心話』。

「呃，對，是沒錯啦。」

我回答她『對不起，早就被看穿了嗎？不好意思』。

「我覺得，現在，有只有友崎同學可以做得到的事情。」

日南說的話聽起來像是『你就一個人去把經驗值……』，不過好像又不是那樣。

「畢竟，我什麼都沒辦法做。」

這番話，如果是平常的日南的話該怎麼樣翻譯，我並不曉得。

可是，她那認真的表情，還有她所說的內容。

再加上，我已經決定在確認『人生』是不是神作遊戲之前，都要聽從她所說的話。

「我知道了。」

我也跟小玉玉對上視線，確認她點頭之後，就奔馳出去。

「從深實實離開學校的時間，還有電車的時間來想，跑過去的話深實實還在車站！二十七分發車的電車！」

「哦，喔！」

背對著日南那精確過頭的建議，我離開了校門。

我對奔跑出去之後馬上就失去體力的自己感到絕望的同時，還是上氣不接下氣地抵達了車站，找尋深實實。現在是十五分。這樣的話應該還在車站才對。

「……友崎？」

我轉向聲音傳來的方向後，看見從廁所出來的深實實用很意外的目光注視著我。

「深……深實，實……！」

我一邊喘氣出聲一邊回覆她。

「你在做什麼？」

深實實苦笑著，直直地注視著我的臉。仔細一看，她沒有像平常一樣綁著馬

尾，總覺得有一股大人般的風情。

「沒啦……！該怎麼說……！」

「不，你汗也流太多了！你跑了多久啊？」

深實實露出比平常還沒有精神，困擾似的笑容這麼說道。

「不，雖然是……沒有跑很久……不過太缺乏體力了……」

「這麼老實嗎！」她開朗的回話。「……你來做什麼呢？」

深實實探詢我跑過來的理由。問我，來做什麼的話，是怎樣呢？

我就開門見山地說了。

「不曉得。」

「啊？」

我自信滿滿地回答她。

「嗯，有一部分是因為深實實……回家了所以想聽一聽理由……！」我一邊整理呼吸一邊講。「至於我確實想聽妳說的事情之類的……」

深實實的目光緊緊地對著我的視線。

「想聽我說的事情之類的？」

「……其實並沒有！」

深實實驚訝地睜大眼睛、眨了眨眼之後，一邊苦笑一邊深深地看進我的眼瞳。

「友崎果然是……天然呆？」

「不，我覺得……不是這樣。」

「算了沒差啦！總之先坐下來吧！」

我跟深實實，在月台的椅子上並肩而坐。

＊ ＊ ＊

「汗終於乾了呢～！」

深實實露出笑臉說。雖然是看起來跟平常一樣的表情，不過這應該不是那麼努力之後卻在途中回家，在那種行動之後會讓人看見的表情才對。所以那反而是不自然顯露的表情。

我為了找出開始對話的契機，而把視線朝向深實實。沒有綁頭髮的深實實莫名地性感有魅力，給人成熟的感覺，和她的書包上繫著的奇怪吊飾看起來不太搭調。

啊，說到這個。我有學到沒有開始對話的契機的時候，只要把話題轉到『跟對方有關聯的事』就可以了呢。這樣的話，今天也一樣把那個加上水澤流。

「吊飾還是一樣很奇怪呢。」

深實實「喂！」了一聲笑出來。

「就——說——了！超級可愛的說!?」

深實實開心地對我吐槽。

「是、是那樣嗎？」

「真是的──友崎也變得很會說話了呢～」

可是那個音色是心情很好的樣子，看來沒有造成反效果。太好了。水澤方法大活躍。不過那東西實際上不可愛就是了。

接下來，又沒有話題了。啊啊真是的，只能開門見山地說了嗎？

總而言之，我打算先問我最在意的事情。

「深實實會拚成這樣子啊。果然是因為，對手是日南……沒錯吧。」

「……啊！」然後深實實就像想起什麼一樣。「聽說你從小由美那邊打聽了不少東西～!?」

「啊，唉，呃──嗯。」

是她本人直接對深實實說過嗎？

「什麼什麼～？你問了怎樣的事情啊!?她沒有告訴我那部分啊～」

深實實一邊說一邊用手肘用力地擠壓我的側腹。別這樣別這樣。

「也好，那我就說了。」後來我從頭到尾說明了打聽到的事情。

──說明結束之後，深實實有點害羞似地笑了。

「哎呀，很多事情都被透露出來了呢～！」深實實誇張地張嘴大笑。「那就都沒有隱瞞的事了呢！呃──剛才是說什麼？問我這麼拚，是不是因為對手是葵？」

我點頭。

「嗯──是怎樣呢？大概呢──我覺得就算對手不是葵，我也還是會想成為第一名。不過，像葵那樣，不管什麼都衝進全國排名，這一類的事情我沒想過就是了。」

「就算對手不是日南？」

那又為什麼，對第一名執著到那種地步呢？

然後深實實她，不知道是為什麼，像是有點放棄了一般笑出來。

「該怎麼說呢──我這個人，結果沒有在閃閃發光啊──」

「閃閃發光？」

「嗯。應該說，那件事是我看到葵之後實際感受到的，所以才想要成為第一名啊。」

「……什麼意思？」

「嗯……你想想，我在國中最後的大賽是輸給葵了嘛。」

「……是啊。」

「所以啊，我後來，去看了全國大賽呢。一個人去。去幫當時對戰過的那個女生加油打氣！我想著這一類的事情。至少連我的份得個第一名回來，這類的思緒我還擅自託付在她身上……可是，就像剛才說過的一樣，結果是第二名。不過，就算那樣也已經有夠厲害了。」

「嗯，說得也是。獨挑大梁還有那樣的結果，可不是輕鬆的事。」

「就是那樣！可是啊，那場大賽的頒獎典禮，宣布『亞軍是，某某中學！』的時候啊，葵以外的球員全——部都，太棒了做得太好了！這樣子笑出來，高興著啊……只有葵，像是很不甘心一樣地咬緊嘴脣，瞪著前方的司儀。」

「啊啊……」

那是——

「該說我果然是……自然而然地把她跟我自己的境遇重疊在一起嗎？我也是獨自一個人努力過來，可是周遭的女生在縣大賽輸掉後還是說太好了之類的話。像這樣，我覺得那個女生也是待在那種環境的時候，莫名地湧起了親近感啊。不過，我是縣大賽被刷掉就是了。」

「不，可是確實……很像也說不定。」我這麼說而點頭。

「大家互相搭肩、互相說著話，有些人也高興到哭出來之類的，葵卻一動也不動。她一直維持原樣，一直咬著嘴脣，只看著前方啊。」

「該怎麼說，她真厲害啊……」

我甚至感受到令人發寒的恐怖。以國中三年級的學生來說，那種覺悟的鎮定模樣。

「可是啊，讓我嚇一跳的是後來的事情呢。」

「咦，後來的事？」

「接下來，有『冠軍是，某某中學！』的廣播。」

深實實深深地吸了一口氣。

「是在講**冠軍**的時候喔，直到前一刻，都持——續看著前方，表情一點變化也沒有的葵，淚水一滴一滴地掉了下來，開始哭泣。」

「……咦？」

我不知道該說什麼。

「明明宣布亞軍時提到自己學校的名字也完全沒有哭，卻在宣布冠軍而提到別的學校名字的那一刻，哭了出來啊。我在想，這個女生，到底是對冠軍執著到了什麼地步啊。真的是，誇張過頭了。」

「那還……」

真的，很誇張啊。我只能單純地老實點頭而已。

「可是看到那個情景啊——我覺得，果然是那樣呢。輸掉的時候，就算不甘心也沒有關係。覺得太好了，我，並沒有錯。」

「……嗯。」

「可是怎麼說呢。該說那麼想的同時，沒辦法衝到像葵那樣位置的自己也丟臉起來了嗎……完全不屈服而確實地貫徹自己，像那樣子堅強地哭出來。總覺得，明明這個女生跟第一名擦身而過，卻看起來已經很特別！的感覺呢。跟會看氣氛，配合著周遭的我有很大的不同啊。」

深實實她又像是放棄了一般地笑出來。

「所以，或許是我實際感受到了，我果然不是特別的，是一個普通人嗎……所以我才……想要變得像葵一樣特別。對我來說，葵是我最感謝的、最憧憬的——所以是，我最不想輸的存在呢。」

我現在不知道自己露出來的是什麼樣的表情，就直接回以附和。

「……可是啊。」我又一次，使力看著深實實的眼睛。「不是第一名的話不行嗎？」

「咦？什麼意思？」

「我是在想，讓自己的紀錄變好，之類的，只有那樣的話不好嗎？」

我開門見山地說。深實實有點迷惘之後，開了口。

「可是，友崎你有說過因為是玩家所以想要贏吧？」

啊啊，這樣啊。可是，那有點不一樣。

「該怎麼說呢。因為我也不服輸所以沒辦法講別人，可是我並沒有特別想要當第一名啊。真的要講的話，『不想輸給自己』的成分比較強烈。」

「……自己？不是輸給別人？」

深實實驚訝地睜大眼睛看著我。

「不，也是不想輸給別人啦。不過從結果來看是在跟自己戰鬥嗎？要是以第一名為目標就沒完沒了，而且也不是只把第一名特別當成目標吧。當然，比賽中是想要贏，不過贏了比賽並不是最後的目的。啊，我是在說 AttaFami 喔。」

深實實擺出目瞪口呆的樣子聽著我說的話。

「也就是說我想表達的是，就算沒辦法努力成為第一名也沒差，有留下成果的話不就好了嗎？換句話說沒有成為第一名也沒關係，能夠進步的話那就不是沒有意義的吧？妳想想，如果第一名以外都沒有意義的話，就變成世界上的百分之九十九都沒有意義了啊。所以……我覺得就算沒有贏也沒關係，自己心裡實際感受到有做出成果就可以了。」

我把自己的遊戲論傳達給深實實。

深實實她「嗯──」這樣子困惑之後，開了口。

「怎麼說呢──我啊──」

「嗯。」

深實實的目光從我身上移開，一邊撥弄著奇怪的鑰匙圈一邊這麼說。

「我並不是像友崎玩 AttaFami 那樣，有著自己真的很想做的事情……會加入田徑社，只是因為葵有加入才加入的。」

「有說過呢。」

「在入學典禮看到葵的時候，我嚇了一跳呢。覺得好厲害，那個女生在這裡。可是，我想到比賽也只有比過一次，而且對方還是全國第二的超厲害的人，而煩惱著要不要搭話。」

「啊啊……嗯，是會那樣吧。」

就連深實實這種程度的現充，也會有猶豫要不要對別人搭話的時候啊。

「可是啊，在入學典禮結束之後，她在走廊上主動過來跟我說話了。」

深實實像是把重要的相簿翻開來一般，緩緩地吐露話語。

「哦。」

「而且啊，她是說『妳是在縣大賽的第二場一起比過的女生吧!?』」

「日南，有記得呢。」

深實實很開心地點了頭。

「然後啊，她對我說『比賽之後，我就一直很在意』。我回她『真的嗎？謝謝』而笑了之後，她就用認真的臉色說『還有啊』。」

「還有？」

深實實又露出笑臉點頭。

「我在想她會對我說什麼的時候——她就有點降低音調，說了『雖然比過賽就知道了，不過妳一直拚命地練習吧』。我，嚇了一跳。然後她就，啊——啊，一邊笑一邊說『我真想跟七海同學在同一隊比賽啊』這樣子。」

深實實的話語中，聽起來彷彿蘊含著像是感謝般的語氣。

「這樣啊……那個日南她。」

「我就因為那樣，總覺得已經得到非常大的救贖了呢。得到了她的理解。我對她只有感謝。」

「……說得也是啊。」

我有點能理解那個心情。

就算不被任何人認同也沒關係的，一直以為只是為了自己而努力的價值。

受到重複著同樣努力的某個人、受到自己可以打從內心尊敬的某個人的，肯定。

那樣子會讓自己的內心多麼地輕鬆下來呢。

那種事情，我也知道。

「後來就變得很要好而一起加入田徑社。嗯——我算是滿努力的喔，田徑也是。可是差不多是一年級的第二學期吧。葵，明明是專攻短跑的，卻在我練習的跳高也奪下社內第一。」

「唔，咦？」

「嗯，雖然我有點覺悟了啦，但就算如此果然還是有點受到打擊。畢竟我本來就是比較會運動的那種人，也比其他人還付出了非常多的努力啊。我啊，是比較努力的那種人喔！很厲害對不對……可是很乾脆地就被超越了。」

我低下頭說了「這樣啊……」附和她。

「所以該說是重新實際體會到了嗎，我果然沒辦法變得很特別啊，這種感覺。」

「特別……」

「明明要閃閃發光的話只能成為第一名……可是連那樣都做不到啊，我不禁這麼想呢！不對，閃閃發光是在說偶像嗎！不過就是那種感覺！抱歉喔都講些沉悶的話！」

深實實一邊把語氣轉回平常那種開朗的狀態，一邊焦急似地把話題中止。

「啊，不會。」

「不過就那種感覺！可是啊，果然人還是有所謂的器量啊！單純是我沒有那種器量罷了！謝謝，說一說之後就舒暢多了！啊，電車。」

「咦？」我邊疑惑邊看，發覺電車抵達了。深實實維持坐在椅子上愣愣地望著電車，沒有要站起來的感覺。

我一邊思考著至今所學到的各種技巧、人的內心、自己的經驗，一邊在口袋中握緊拳頭。

「……可是啊。」

「嗯？」

深實實以自然過頭的笑臉緊緊注視著我的臉。

聽了剛才的話，我可以說出來的東西，差不多就這樣。

我鼓起勇氣，讓自己的真心話撲到深實實身上。

「可是……要是從我的角度來看，我覺得深實實也已經十分地閃閃發光了。」

對於我盡可能不要讓聲音顫抖，讓語調中含有認真的感覺而說出來的那番話。

深實實很驚訝般地睜大眼睛，後來──

「……啊哈哈。謝謝。」

她就那樣子寂寞地笑了。我看著她那張表情，察覺到自己的話語沒有傳達到她的心靈深處。

把這樣的話吐露出來也沒辦法解決任何事情，只是一個弱角隨便說說的話罷了，我實際感受到了自己的無力。

「可是啊，我已經看開了所以就別擔心啦！啊，抱歉，今天我果然還是一個人回去吧！」

「深……」

比我把她叫住還要快，深實實從椅子上站起來，搭進了電車。

然後門比我追過去還要快就關上，深實實嬌小的背影逐漸遠去。

＊　＊　＊

然後隔了週末，開始新的一週的星期一早上會議。

「沒有過來呢……星期六的自發練習，還有，今天的晨練都沒來。」

日南一邊咬著嘴唇一邊說。

「這樣啊……」

我苦惱著。

「對。星期五，深實實她……？」

「呃，雖然說了不少——」

我把關於日南的部分盡可能地縮減，說明概要。

「這樣啊……」日南悲傷般地把眼光朝下。「可是，你……」

我從日南的話語中多少感覺到像是責備人的氣氛。

「呃、嗯……」

我覺得非常過意不去，也沒有要辯解的話語。

可是，日南那邊說出來的話語並不是要責備我的失敗。

「說了想都沒有想的事情呢。」

「咦？」

我不由得困惑。雖然我對深實實說了各式各樣的話，不過並沒有打算在話中摻進不是真心的話。

「因為，你跟我一樣才對吧，這時候的感覺。既然已經把 AttaFami 玩到那麼頂尖的話。」

日南看起來似乎有點不太高興，用彷彿真的在責備我的口氣，說了這些。

「一樣……什麼意思啊？想都沒有想的事，到底是啥？」

日南只有一瞬間沉默下來，後來開了口。

「你真的，不知道嗎？」

「對。」

聽了我那個肯定的話語，日南微微地咬住嘴脣。

「因為，『不成為第一名也沒關係』這種事，不可能是nanashi心裡想的。」

日南以抱持確信的表情吐露那番話，我感到非常驚訝。

「……那什麼鬼？我是認真地那麼想喔。AttaFami，是對於自己的戰鬥。」

「你說什麼……真的嗎？」

「對。」

我點頭之後，日南驚訝似地微微開口。

「這樣啊。」

她只輕聲細語了這一句。

「到底什麼意思？那是很重要的事情嗎？」

「沒事。比那個更重要的是深實實的事情。沒有順利地處理好啊……」

日南把話題拉回來。然後露出了悲痛的表情。可是剛才那個，到底是在講什麼呢。

雖然會在意，不過現在有比那個還重要的事情啊。

「是那樣沒錯……抱歉。」

「不會。如果是我的話什麼都辦不到，只是我把責任推到你身上了而已。」

日南悔恨地說。

平時習以為常的空間，流淌著令人尷尬的沉默。

「啊啊，呃。啊啊對了，今天的課題是……」

我為了要圓場而堆疊著話語，然後——

「今天的課題是……」

日南她又用認真的表情說了。

「你現在，要從對我隱瞞的深實實的真心話中，思考只有你可以做得到的事情。」

「……日南。」

果然，都看透了嗎？

最後就維持著話語很少的狀態，而結束了會議。

後來在當天的午休，終於發生了決定性的事件。

「呃，為什麼……？」

教室。小玉玉由於深實實的話語而驚訝。

「沒啦——該怎麼說，總之有很多的理由囉！」

深實實在自己的位子附近，用嬉鬧般的感覺回應小玉玉。

她多少像是完全放開了一樣，擺出開朗的表情說話。

可是聽了那兩人交談內容的同班同學們，都不知道該說什麼。

我也是，因為深實實的話而受到了衝擊。

畢竟剛才，深實實所說的事情是那個。

「深深，真的要退社嗎？」

說是已經提出了田徑社的退社申請書。

深實實點頭。

「嗯。週末我思考了之後，覺得果然這麼做才是最好的～這樣子喔！」

「可是……」

我雖然在可以聽得見那段對話的位置，可是卻插不進半句話。

仔細一看，日南往那兩人靠近過去。

「那是，真的？」

深實實確認了日南的身影之後，表情變得只有一點點的悲傷，又馬上笑了出來。

「嗯，是真的喔！抱歉，葵！可是我也有考慮了很多喔！體力到了極限！」

深實實交織著過時的模仿語調，開朗地說著。

「……我是想要，多跟深實實一起，在田徑的領域闖蕩。」

日南用後悔的表情這麼說。她那番話，對於知道深實實真心話的我來說，聽起來非常地殘酷。

「……抱歉喔，葵。」

「不會，不是那樣！不是該道歉的事！」

「啊哈哈。」

班上的學生們心裡靜不下來而觀望著那樣的對話。

「……友崎。」

回頭過去，發覺是泉小聲地對我搭話。

「嗯？」

「欸，是不是，有點糟啊？」

是看起來很擔心的表情。我老實地回答她。

「說得也是……說不定，有一點糟呢。」

「怎麼了？吵架了嗎？」

「……不。」並不是吵架。「怎麼講呢？該說是想法有差嗎……」

「想法，有差啊……有沒有辦法和好呢？」

「和好嗎……」我不禁迷惘起來。「……可是啊。」

「可是？」

這時我發覺到了，這個問題的，最大的問題點。

「每個人都沒有不好的地方啊。」

這一天的深實實無論從誰的眼光來看都明顯地沒有精神，對她搭話的話會很平常地應對，不過平常會做的那種蠢事，她一次也沒有做。

＊＊＊

放學後，深實實沒有換上練習用的衣服，而直接做起回家的準備。是真的，要退社啊。

「小玉——！抱歉，我今天先回去囉！」

深實實很有精神地對小玉玉搭話。她被看起來是等一下要一起回家的四個現充朋友包圍著。哇喔，不愧是深實實。

「……呃。」

小玉玉顯露複雜的表情。然後靜不下心來地打算說些什麼，可是又說不出來，像這樣微妙地耗了一段時間。小玉玉的面前，聳立著一面像是要防止她對於退出田徑社的事情說些什麼一般，由現充所構成的高牆。

小玉玉雖然往前踏出了一步，但後來，她的腳還是往後移回去。

「掰啦小玉！明天見！」

深實實轉身打算離開教室的那一瞬間。

——我靈光一閃，想到一件事情。

日南所出的課題。『思考只有你可以做得到的事情』。

要幫助深實實可是非常重大的事情，身為弱角的我不可能有辦法做得到。我的話語沒有辦法傳達給深實實。所以我擅自認為，我已經沒有招式可用了。

不過沒錯啊，這招的話，我還做得到。

『這幾個禮拜，你已經變得能夠「付諸行動」了。』

畢竟只有這點，已經得到了日南所做的保證。

這樣的話就讓我展現出來吧！只靠行動就做得到的我想出來的解決法！

「深、深實實！」

「咦？」

我靠近跟現充一起踏出腳步的深實實，用調整失敗的音量，對她搭話。

現充們訝異的視線聚集在我身上。真尷尬，待得很不舒服，可是我不管。

我用氣勢抑制著要讓肚子痛起來的東西，同時開了口。

「──要不要一起回去？」

目瞪口呆。

我的話語，已經足以讓在場的所有現充的嘴巴邋遢地張開來。

「……咦？」

深實實也是目瞪口呆地愣著。四個現充呆愣的程度大概是她的五倍上下。

後來終於由其中一人「友崎你說什麼啊!?」這樣的吐槽，讓我平安地變成了笑料。

這個情景並不只有待在深實實周圍的四個現充看到，而是被許多留在教室裡的學生們──因為班會才剛結束沒多久，所以幾乎所有人都在──目擊到了。

而紺野繪里香那邊，又絕妙地以我能聽得見的音量說著「噁心」。

來了啊我穩定的受人嘲弄的位置。最近好像做了滿多各式各樣事情的陰沉角色又做出了噁心的事情的那種氣氛，聽得見小聲說的壞話，用氣勢沒辦法完全壓抑而讓胃變得緊繃。

我對那一切裝成沒有發現的樣子，又一次，把氣吸進來。

「要不要一起回去呢——跟小玉玉，三個人。」

吐露這番話後，小玉玉驚訝似地朝向這邊靠近。

「我今天要蹺掉社團。」

她用認真的表情這麼說。不愧是小玉玉。有夠直接地把『蹺掉』說出來。

這種奇妙的事態讓教室沉默。深實實似乎驚訝到不行而僵硬了一段時間之後，重新擺出笑臉，對周圍的現充們這麼說。

「……抱歉，這次就稍微看在友崎的勇氣的份上，讓我們三個人一起回去吧！」

變成了和帶著像是沒發生什麼特別事情一樣感覺圓場的深實實，三個人一起放學去的情形。

日南不知道是在祈禱，還是鑽牛角尖了起來呢，她嘴巴閉得緊緊的，只是單純看著我們這邊。我不知道日南心裡在想什麼。可是，我已經導出了靠我自己盡力想的答案。

『思考只有你可以做得到的事情』。那傢伙在今天早上，對我出的課題。

想一想之後答案挺單純的，到了讓我覺得只會有這一個答案的程度。

『不顧羞恥也不顧體面而去拜託別人』。小玉玉，接下來交給妳了！

＊　＊　＊

「那個時候小濱就……」

然後在離開學校的路上。深實實像要填補尷尬，也像要從某個地方劃分界線一樣，講著搞笑ＤＶＤ的話題，或者最近的偶像話題之類的，那種不太重要的話題接二連三地陳列出來。

那裡並沒有能插進新話題的縫隙，深實實身為『開啟新話題的人』的能力毫無遺憾地發揮著。這樣的話，就算想切進去也切不進去。

「是不是很糟啊？我不禁把那個時候的臉拍成照片……」

「深深，比起那個，我有更想要問的事情。」

小玉玉打擊出去。真的，不愧是她。

「……什麼事？」

深實實尷尬地笑了。

小玉玉她，不知道該從哪裡開始說才好似的隔了幾秒，後來終於開了口。

「——妳變得，討厭葵了嗎？」

「咦……」

深實實困惑地發出聲音。我則是連聲音都發不出來。

遠遠超出我的想像的發言。

這女生切進話題的方式到底是怎樣啊。

「因為深深，要退出田徑社。」

深實實說了「沒啦……」而明顯陷入困惑還讓視線游移。

「不、不可能有那種事嘛！」

「……真的？」

「這是理所當然的吧！因為葵真的是非常好的一個女生，也什麼都做得到。」

深實實為了圓場而貼在臉上的笑容，一點一滴地剝落下來。

「可以尊敬，也靠得住，也非常地，理解我。」

深實實的聲音，漸漸地，愈來愈小。

「她閃閃發光，而且也很，特別……」

對於那些話，我只能默默地聽著而已。

深實實的腳步慢下來，垂下了頭。

「……那妳為什麼要退出田徑社呢？」

就算那樣，小玉玉的追擊也沒有停下。

「那是因為……我啊。」

「深深妳……？」

小玉玉溫柔地附和著她。

然後深實實，很不屑似地笑了。

「結果我啊，是不是性格很差呢。」

「咦？」

小玉玉發出困惑的聲音，深實實一點一滴地情緒化了起來。

「該怎麼說啊……普通地思考的話。根本就不可能討厭葵嘛。」

「……嗯。」

深實實她悲傷地笑了。

「明明就不可能有辦法討厭她的啊。」

我在深實實的眼瞳裡看見反光的淚水，而倒抽了一口氣。

小玉玉像是要包覆深實實般聽著她所說的話。

「嗯。」

「明明不可能那樣的，可是我……」

淚滴慢慢地，變得愈來愈大顆。

「我這個人，最差勁了。」

「最差勁，是指什麼？」

深實實停下了腳步，我跟小玉玉也學著她的動作。

「因為啊，像那樣子，是不對的嘛。讀了同一所學校的時候啊，明明葵什麼壞事都沒有做，可是我不管怎樣都贏不過葵，而有了不甘心的感受啊。因為這樣就有那種想法的話，是不對的啊……！那樣的話，就跟大家，一樣了嘛……」

深實實露出悔恨的表情，擦拭淚水。

「那種想法，是指什麼？」

「葵啊……葵是非常棒的一個人，會為朋友著想，一直都很努力啊。可是她沒有那樣就得意忘形，一直都有在顧慮我。我的心情也是，她有好好地，全部都去理解。所以我啊，非常地喜歡葵。」

小玉玉她緊緊地，注視著深實實。

「……明明就是，非常喜歡才對的！」

深實實落下斗大的淚珠。

「明明是這樣！課業輸給她，社團也輸給了她！然後不知不覺中，我就，嫉妒著葵！總覺得討厭、有點礙事……會希望……她消失掉之類的！我不禁，有了那種……那種，想法……」

深實實一邊哭一邊吸著鼻水，告白自己的想法。

「……這樣啊。」

「那樣子就是最低級的嘛……最差勁了嘛。可是啊，加入田徑社的話，畢竟，我不服輸。所以，又會開始有那樣子的想法……對於會那樣子想的自己，我真的很討厭，討厭得無可奈何……」

「……嗯。」

「放學後，一起練習的時候也一樣。我，不禁會那麼想啊。為什麼這個人一直不停地練習呢，之類的。如果有顧慮到我的話，趕快停下來就好了啊，之類的。要她……要她看看氣氛之類的！我啊！不禁會這樣想……所以我，已經不想再對葵，有那樣的想法了……」

「原來，是這樣啊。」

「所以啊，我才退社。」

「……嗯。」

不知道是不是因為把思緒吐露出來了呢，深實實漸漸地冷靜了下來。

「……我啊，稍微瞭解到了。葵比較厲害，雖然我不甘心……可是要說為什麼葵會比較厲害的話……是因為葵比起我，更加地努力的關係。她一直，從一開始就已經是那樣子了。」

就算那樣，小玉玉還是堅定地繼續注視著深實實。

「該怎麼說呢。如果是努力的程度一樣卻沒有帶來結果，或者明明我比較努力之類的，所以才覺得嫉妒的話……說不定還好……」

聽了她的那番話，我也毫無辦法地，產生了鬱悶的心情。

「結果——還是葵，比較努力呢。」

深實實自嘲地笑了。

「所以啊，就算想嫉妒她，或許我一開始就沒有那個權利吧……為什麼那個人，有辦法那麼地努力呢？」

深實實的表情覆上了大片的陰影，這個時候。

咬。

「咿啊!?」

小玉玉用讓人覺得不愧是排球社的跳躍力跳起來，用嘴唇銜住了深實實的耳朵。

咦，怎麼這麼突然。

「喂，小玉……！妳做什……啊！好癢……呃啊！」

深實實把小玉玉柔軟的髮絲跟裙子的下擺抓住，身體隨著小玉玉的嘴唇動態而一抖一抖地痙攣著。

小玉玉擺出認真到不行的臉色，用嘴唇輕輕銜著耳朵。她也用手指滑過脖子後面，而她每動一下就讓深實實發出「呼啊!?」的聲音。我對於過度突然的發展只是呆愣著而已。

「……深深妳。」

「咦？」

小玉玉終於讓嘴巴離開耳朵，用手臂把深實實的頭圈住，緊緊地抱進了懷中。

「深深妳，不管怎樣，都想成為第一名嗎？」

「因、因為我……什麼都不是……」

「什麼都不是？」

「沒有像葵那樣閃閃發光，沒有像友崎那樣擁有不會輸給任何人的特技，也不像小玉那樣堅持自我……我，不努力的話，就空蕩蕩的……」

小玉玉把深實實抱得更緊了。

「……深深妳啊。」

小玉玉她用像是蘊含著打從內心的感謝音色，說出來。

「深深，妳可是我的英雄喔？」

「……咦？」

深實實在小玉玉的胸口抬起臉來。小玉玉對深實實放開手臂而退後一步，又一次地，筆直注視深實實的眼睛。

「一直都說沒事、一直笑著、一直勉強、一直努力，可是都沒有把那些表現出來……幫助著我。我啊，雖然喜歡葵，也喜歡大家……可是我的英雄，只有深深一個人而已喔？」

「……可是。」

「如果就算那樣！妳還是要說想成為第一名的話！」

小玉玉強勢地指著深實實的臉，雖然口氣就像平常那樣，卻像是在教導比任何事物都還重要的事情一般，拚命地如此斥責。

「在我心目中，深深是世界第一的笨蛋！妳就靠這個忍住吧！」

深實實把眼睛睜得大大的，眨眼眨了好幾次。

然後她，凝視了朝著自己的臉的小玉玉的食指——接著。

「嘿。」

維持著眼中帶淚的樣子，把那根食指，含到嘴裡頭。

「咿啊!?」小玉玉強勢地把手臂收回去。「做、做什麼啊！」

深實實一邊用纖細的手指擦拭淚水，一邊惡作劇般地嘻嘻嘻地笑著。

「欸——因為啊。」

「什、什麼？」

小玉玉有點警戒似地邊後退邊說。

深實實很幸福地，露出微笑。

「笨蛋，指的就是這樣子吧？」

「……深深。」

「小——玉！」

深實實用差不多要把所有體重壓上去的勢頭往小玉玉的頭抱過去。

「笨蛋！好重！快點放開！」

「咦——？說誰是笨蛋啊～？多講一點♡」

「吵死了！笨蛋！」

兩人就像平常一樣，不，是構築著比平常更激烈的百合百合世界。喂喂這裡可是外面喔。麻煩不要做得太過頭喔，雖然我大飽眼福就是了。不過不管怎樣，看來解決了不少事情，真是太好了。關係要好的女孩子，果然很美啊。

那麼，然而呢。

這我當然也已經發覺了。

做出了『拜託小玉玉』這樣子的行動，但那只是把事情交給別人而已，所以我現在處於沒有任何成果可以對日南報告的情形。

「友崎～！走囉——！」

「喔，好。」

我跟一邊轉來轉去一邊往前進的兩人會合，思考著之後該怎麼做才好。

這樣下去的話，下次跟日南進行會議的時候，她就會用『這一次，你什——麼都沒有做呢』這種讓我不爽到極點的方式對我報復。眼裡浮現了那傢伙一邊露出不懷好意的笑容一邊那麼說的樣子。

我為了從那種無可奈何的危機感之中，在此時此刻的對話內得到什麼東西，而從腦袋瓜裡找尋著能共用於這兩個人的我背起來的話題。

然後我靈光一閃。

我成功想出原本就有預定要問深實實，也跟小玉玉有所關聯的那種，非常適合這個場合的一個話題。

「那個啊，深實實。」

「嗯？怎麼了怎麼了？」

深實實以感覺完全恢復正常的表情轉向我這邊。我開了口。

「——結果，那個『指尖的魔法』到底是什麼啊？」

詢問之後，深實實就忽然噴笑出來，小玉玉則是一邊臉紅一邊強勢地指著我。

「說過了吧！那種事情，不要問女孩子！」

那什麼意思啊！叫我問當事人的不就是小玉玉嗎！

「現在說那個喔!?你果然有天然呆的地方耶友崎！」

「不，到底哪裡有。」

「不過，做得好！」

深實實那麼說而揮高手臂。啊，要來了。這個又要打到肩膀上啊。

我馬上就察覺到這點了。

可是我——勉強自己不去躲避那個，決定整個承受下來。

「痛死啦！」

那一下是至今為止力量最強的，當然也超痛的。

「啊哈哈哈哈哈哈哈哈！」

啊，日南。『讓隨便一個人笑出來』，達成了喔。雖然是偶然，不過不是什麼都沒做喔。

7　有時候只有飾品是所有角色都能用的裝備

在那之後的事情發展，幾乎可以說是非常理想的情況了。

首先，深實實造成了滿大的騷動，卻很快地就回去社團的行為，雖然也有社員抱持著批判性的觀點，不過她是好好地低頭而回到田徑社了。畢竟不知道原因的人占了大半數，造成了些混亂的樣子，不過在提出退社申請書的隔天入社，再加上有好好地道歉並且做了「我是新加入社團的七海！請大家多多關照！」之類的寒暄而讓大家覺得『真是笨蛋啊』而傻眼，完全是歡迎她的氣氛，好像也沒有到被拿去當成哏的地步。真不愧是她。

而且最重要的，深實實對日南的想法，也就是混合著感謝與尊敬的，嫉妒心或者想贏之類的心情，也多虧小玉玉所說的對深實實的思緒，而減輕了許多的樣子。相對地，我總覺得她對小玉玉的性騷擾頻率也變成了之前的三倍左右，不過那從保養眼睛的層面來看，我想反而是當成一件好事、提出來也沒有關係的程度。多做一點吧。

像那樣發生了不少事情的星期一，還有事情收拾起來的星期二都過了，到了星期三。今天是升學學校特有的，有點晚的休業式。也就是說明天開始就是等了又等的暑假，不過——

在那之前，我已經被賦予了至今為止最難的課題。

「哦，喔，謝謝……」

「不、不會，沒、沒什麼。畢竟也有受你關照。」

「唔，嗯——」

第一學期最後的班會之後。

像是下定決心般地吐露「我，不去不行了！」這種戲劇裡頭會出現的台詞的泉，往中村靠近，說了「這、這個！」並且把包裝滿可愛的小袋子給他，是剛才發生的事。而他們兩個人一起臉紅，眼睛沒有對看，互相說了某些純真的話則是現在發生的事情。你們兩個到底是怎樣啊。還不快點交往喔。

對，今天是中村的生日。

可是真可惜啊，兩人時間結束了。要說為什麼的話，今天日南出給我的課題就是。

『把禮物給中村，並且對話三分鐘以上。』

就是這樣子！那是什麼鬼啊！那傢伙出這個課題是不是有一半是覺得有趣啊!?

可是決定要做的話就會做下去的男人nanashi，也只能一直服從下去。

「中、中村。」

我以完全不需要存在於兩人世界中的礙事者的身分，過去搭話。

「喔喔，友崎。」

總覺得態度比平常還要柔軟，喂喂等一下喔是因為從泉那邊拿到禮物了嗎？

「呃——這個……生日，禮物。」

「……啊？」

中村把嘴巴張大，表明著他真的覺得莫名其妙。

「唉，好了，不管怎樣你就接受啦！」

我這麼說，並且從紙袋中拿出什麼包裝都沒有的那個東西，粗魯地遞給中村。

中村很驚訝地注視著那個。

「……手把。」

我點了頭。在舊校長室玩 **AttaFami** 的時候用過的遊戲機。我覺得那個想必是中村的個人物品，不過那手把的搖桿部分鬆鬆的。

對於 **AttaFami**，搖桿鬆掉可是十分重大的問題。與其說是難以操作，會發生『明明是用跟剛才一樣的方式操作，卻變成了別的動作』這樣的現象才是問題，那不只會影響當下的比賽，還會變成讓實力進步的阻礙。

所以，如果是打算多加練習玩得更好的話，手把就更為重要了。畢竟是比較大的大賽中，每個人都會各自帶手把過去的程度啊。

像這樣子的事情，我一邊忍耐著中村可怕的視線，一邊說明。別名是，如果能講原本思考過的事情跟AttaFami的話題的話，就靠那麼做來爭取時間。畢竟課題是三分鐘啊。

「欸……」中村像是很佩服般地點頭。「可是你這是怎樣，高高在上的人特別憐憫我嗎？」

中村邊皺著臉邊說，咿好可怕喔好可怕喔。

可是我，就算面對他那樣，還是回以老實的話語。

「不，並不是那樣……」

「是怎樣啊？」

「該說我不討厭不服輸而努力的人嗎，因為我不覺得你是沒有關聯的人……所以我有著身為深愛AttaFami的玩家的，公平競爭的精神……這樣子。」

儘管因為中村的壓迫感而讓我的語尾變小聲，我還是全部說明完了。

「這樣喔。」中村覺得無聊似地回應。「……我就收下了。」

「……喔。」

他把那個收進書包裡頭。

然後，我視線的角落看見有什麼東西快速地動著。把目光朝向那邊後，原來是泉在下面悄悄地揮揮手，看了她的臉之後，發覺她用『太好了呢☆』這樣的感覺拋著媚眼。

啊啊，說起來，這是和好大作戰啊。

那麼姑且算是，作戰成功！這樣子嗎？

「啊。」

可是看了時鐘之後，發覺還沒有到三分鐘。糟糕了該怎麼辦。日南現在也在附近，她大概已經發覺還沒有經過三分鐘。不過就算沒有被她發覺，都難得努力了，以我自己的角度來看，我也想要確實沒有疑慮地達成。

所以我著急地從頭腦裡尋找可以對中村開啟的話題，而不禁把最先找出來的那個，用嘴巴說了出來。

「說、說起來，日南跟水澤在交往的事，是真的？」

＊　＊　＊

「啊哈哈哈哈哈哈哈哈哈！」

深實實像這樣爆笑著的地方，是放學路上的一間家庭餐廳。我被深實實邀請而跟日南、深實實還有小玉玉一起吃著午餐。女生群的三個人是社團活動結束，而我是在圖書室看了安迪作品之後才跟她們會合，演變成現在這樣。這是什麼現充過頭的狀況。

「哎呀真是傑作耶友崎！」

「啊——別再這樣了！」

對於我剛才對中村說溜嘴的事情，深實實使出全力嘲弄著。

「『說、說起來，日南跟水澤在交往的事，是真的？』」

「噗……深深，學得太像……！」

「抱、抱歉喔友崎同學……啊哈哈哈哈！」

「唔唔，每、每個人都這樣……」

深實實敏銳地模仿著我的語調，聽著她模仿的兩個人笑出來。聽了她們的笑聲，我的內心負傷。我受不了啦好想坐時光機改變過去。

看著我的反應，深實實很開心地開了口。

「哎呀，可是友崎，你還真敢問耶！我覺得大家都很在意那個喔！」

「好好好，是那樣嗎……」

「那麼葵同學！實際上到底是怎樣呢!?嗯!?」

深實實用她擅長的訪談攻擊強硬地逼迫著日南。

日南把視線朝上，像是要敷衍過去而微笑。

「嗯～」日南發出絕妙的可愛聲音。「覺得是有還是沒有？」

她的視線朝著我這邊，是不懷好意而且像個小惡魔的笑臉。咦，這是怎樣？這可是沒辦法從平常的日南臉上看到的表情的說。講白了就是可愛到受不了。我不禁把臉別開。

「哦！臉很紅喔～？果然友崎對葵是……很喜——」

「怎麼可能有那種事！」

在不吉利的話語被講完之前，我把平常練習附和跟語調而鍛鍊出來的聲音全部擠出來。

「友崎好吵！這裡是家庭餐廳！」

小玉玉強烈地警告我。

「抱、抱歉。」

我很乾脆地畏縮了起來。

「說・起・來・啊！我也很在意的說!?到底是怎樣啊葵～嗯～？」

深實實一邊用頭在日南胸口摩蹭一邊說。

「唉……那麼，我就自白了。」

咕嚕。

我下意識地把口水吞了進去。

「有在交往。」

「咦!?」

我又不禁用很大的聲音做出反應。

而且比在場的所有人都還早做出了反應。

因為我的聲音而驚訝，深實實跟小玉玉沒有好好做出反應，然後——

「……要是我這麼說的話，你們會怎麼做？」

「喂。」

日南輕聲地笑著那麼說，然後呼出了一口氣而不知道為什麼看著我的眼睛。

「根本不可能在交往吧。」

她這樣，說了一句話。

那句彷彿是只有對著我一樣的話語，還有把自信滿滿畫成圖像一般莫名有魅力的表情，把我的思考給奪走了。

「……剛才的是怎樣，葵超級小惡魔的！」

「我也是在教室裡頭丟臉了喔？這就是還以顏色。」

「……哦，喔。」

日南優雅地掩著嘴巴，看著我這邊很開心地笑著。是怎麼了今天的日南同學好可愛的說。讓人不爽。

「那，友崎選手！聽了真相之後的感想呢!?」

「呃，不……沒什麼特別的。」

我這麼說之後，日南就眼睛半睜往我這邊瞪來。

「欸～？特地問了之後才這樣？」

日南那像是在考驗我的視線又貫穿了我。我對她那莫名散發魅力的美麗溼潤眼瞳，還有嗜虐的同時不知為何也會勾引人般的表情靜不下心來的時候，日南就像樂到了極點，滿足地笑了出來。這種時候的S個性就跟平常一樣啊這傢伙。

「咦？」

「不過——也沒差就是了。」然後日南把視線朝向我的頭。「啊，說起來那個！」

「你買了髮蠟？」

「啊，對。」

說到這個。是以前水澤有幫我抹過，後來我一個人去買的髮蠟。

跟深實實之間發生了不少事情的期間是沒有想要抹的意思，不過總之全部都告一段落了，就想說下定決心，而抹看看——與其這麼說，其實是我每天都有帶到學校，而今天，也被賦予了跟中村講話講三分鐘以上的那種課題，所以該怎麼說，是打算武裝自己，而在午休抹上去的。

「我買了，這個喔。」

我一邊說一邊從我的書包裡頭拿出髮蠟。

「咦——！早上沒有抹吧？」

「算、算是啦。」

日南笑咪咪的同時認真地注視著，然後用力地豎起大拇指。

「不差！」

「咦，真的嗎？」

我感到驚訝。是不是因為我有好好複習、整理水澤說過的話的關係啊。

「嗯，我覺得滿好的。」

「我也覺得感覺挺不錯的喔友崎！今後每天都會那麼做嗎……呃，明天開始就暑假了啊！」

咦，什麼什麼。深實實跟小玉玉也下了保證。

「可是……說不定只是新手運氣好而已呢？」

「喂，做得不錯的話單純誇獎就夠了吧。」

我一邊吐槽一邊把髮蠟收進書包裡。然後，深實實就忽然噴笑出來。

「啊哈哈哈哈！剛才那是怎樣，莫名地投合的說？」

「咦？」

說起來，我覺得剛才是裝乖狀態的日南第一次放出了像壞話一樣的壞話。

「果然葵跟友崎感情很好呢！」

「是、是這樣嗎？」

深實實又說了以前某個時候說過的事。啊啊，可是剛才那樣子，的確看起來有點要好也說不定啊。水澤常常在用的方法。雖然是在講壞話，卻不會讓人覺得討厭的那種方式。我擅自稱為水澤方法的那個。跟那個很像。

也就是說這麼做的話，果然從深實實或其他人的眼光來看，也是看起來滿要好的啊。原來如此原來如此。那麼就積極地使用下去吧。

「那麼，真相也已經大白了……我今天把大家集合起來的原因啊。」

深實實以莫名拘謹的語調切入話題，把書包打開。

「嗯？怎麼了，深深？」

小玉玉以稍微警戒的模樣問著深實實。

「那個……該說是讓大家操心的賠罪嗎……非常對不起！」

這麼說著的深實實從書包裡拿出了一個紙袋。

「什麼？」日南問。

「這個，是我要當成賠罪而想送給大家的禮物呢。也可以說是友情的證明！」

深實實一邊說，一邊從紙袋中拿出手掌大小的包裝，開始一個一個分發給大家……可是啊。

「那個——這該不會是……」

我詢問她。不，根本就沒有什麼該不會是。這就是那個啊。條紋圖樣而且配色奇怪的，設計得像是十倆一樣的，那個。

深實實的書包上繫著的，既不可愛，又奇怪的大型吊飾。

「那個啊，畢竟真的給大家添了麻煩，也受到了幫助，雖然發生了很多事不過已經變得跟原本一樣了啊！所以就把我最喜歡的這孩子！不同顏色的版本送給大家！」

用彷彿覺得對方真的會很高興的表情看著所有人的同時，深實實說著這樣的話。

看一看之後，確實就像她所說的一樣，每個都是不同顏色的條紋圖樣，可是全部都有著土俑一般的眼睛跟嘴巴，也就是說，說實話全部都絕妙地不可愛。

「謝、謝謝……」

日南邊緊盯著吊飾邊說。當然是會看的啊，突然拿到這種設計的東西的話當然會看著啊。

「……謝謝。」

小玉玉也小聲地說出感謝的話語，我也學著她而傳達「謝謝……」

每個人都注視著那個鑰匙圈，流淌著奇妙的空白時間。這是怎樣。

……嗯，不過，是那樣嗎？

明明沒有任何人不對卻在各種地方錯開，沒有必要受傷的人也受了傷害。可是像這樣子，最後還是決定把自己最喜歡的東西，當成禮物送給大家。這就是，那個啊，單純是物品本身的品味不好而已，但還是最大級的感謝跟友情的證明吧？而且沒想到那也包含我在內，真的讓我嚇了一跳，是不是代表我身為弱角的同時也稍微派上用場了呢。如果是那樣的話真的很開心。

不管怎樣，我覺得能把珍貴的牽繫保持在珍貴的狀態，是非常美的一件事。

「…………」

就算這樣，沉默的時間也太久了。日南那邊差不多該說句話切開這陣沉默，比如說利用藉由『講壞話』的方式，卻反而讓彼此看起來很要好的那個水澤方法之類的，讓這個空間染上開朗的色彩才對！我這麼想而迅速地移動視線。然後——

咦。

日南不知道為什麼用陶醉的眼神注視著那個鑰匙圈。不對，講得更進一步的話，小玉玉也是，用類似的表情注視著那個。咦，這是怎樣？後來日南終於開了口。

「這個鑰匙圈，從深實實掛起來的時候我就一直在想了說……」

小玉玉像是跟那番話同步一般地點頭。

「嗯……」

然後在下一瞬間，兩個人的聲音重疊在一起，說了難以置信的事情。

「「……好可愛。」」

「啊!?」

我就像這樣在想都沒想過的地方嘗到了孤獨，啊啊，我還沒有接近現充的感性啊，我實際感受到了這一類的事情。

不，可愛嗎？這東西。

後記

不知道是不是好久不見了呢。我是屋久悠樹。

本作『弱角友崎同學』也多虧各位的助力，而能夠再次促成第二集的發售。非常感謝各位。

從本系列開始勉勉強強地以作家身分接下工作，後來也瞭解到許多大人們為了讓我所寫的作品能以更好的樣貌問世而行動著，我覺得這樣的話不用某種形式回報可不行，而在後記中，也不禁有了要盡心盡力的意思了。再加上，責任編輯考量到上次敘說大腿的後記，而給予我「期待著持有客觀視角的後記」這樣的話語。我感受到像是忠告的某種東西。

考量到上述事物，我認為這次我該在這邊敘說的東西，自然而然地只有一項了。

那就是，本作跨頁彩頁第二張插圖的，『深實實的運動服打的結』。

我看見那個結的時候，有了深實實是不是實際存在於這個世界呢，這樣子的感覺。或許那是接近錯覺的東西，不過也有著確實的感覺。

那個似乎隱隱約約看得見的肚臍與小蠻腰，還有經過整合而誕生的，帶有圓滑的身體曲線——雖然那些也十分充滿魅力，不過我認為這裡有著更重要的事情。

那就是，『打著結』的這個事實本身。

有打結這件事，就代表深實實在換上了那件服裝之後，以自己的意志把下襬的部分打結，也就是說那裡有著『深實實的確實的意志』的意思。

那個結就是我們所知道的現實中的『把運動服打結的女高中生』，引起了在那裡面有著深實實一般的感覺，而帶來了強烈的臨場感。如果要說只關於這張圖的事情的話，是不是可以說，那個『結』正是『深實實』本身呢。

由於篇幅的關係，變成了短暫的說明，不過要是多少能把思緒傳達出來就太好了。

接下來要說謝辭。

繪製插畫的 Fly 畫師。用既可愛又美麗，非常棒而且也讓人有迷戀感覺的，對我來說最讚的畫作幫我的作品增添色彩，非常地感謝您。我是您的粉絲。

岩淺責任編輯。儘管對於在細微的地方莫名地有所堅持的我，在第一集的時候明確說了『真麻煩』，然而我發覺您對那樣的我的麻煩之處，也有那麼一點點地漸漸習慣了。麻煩您保持這樣的狀況迅速地習慣。非常感謝您。

還有各位讀者。儘管這或許是某個來路不明的多餘新人的第一部作品也不在意，還是對我加油打氣，我非常感謝各位。如果下一集也能陪著我的話，那我就很慶幸了。

屋久悠樹

國家圖書館出版品預行編目資料

弱角友崎同學 / 屋久ユウキ作 ; 李君暉譯. -- 1
版. -- [臺北市] : 尖端出版 : 家庭傳媒城邦分
公司發行, 2017.10-
冊 ; 公分
譯自 : 弱キャラ友崎くん
ISBN 978-957-10-7654-6(第2冊 : 平裝)

861.57 106004623

浮文字

弱角友崎同學 Lv. 2

（原名：弱キャラ友崎くん Lv. 2）

作　者／屋久悠樹
插　畫／Fly
譯　者／李君暉
發行人／黃鎮隆
副總經理／陳君平
副　理／洪琇菁
國際版權／黃令歡
執行編輯／楊國治
美術主編／陳又荻
內頁排版／謝青秀
企劃宣傳／邱小祐、劉宜蓉
出版／城邦文化事業股份有限公司 尖端出版
台北市中山區民生東路二段一四一號十樓
電話：(〇二)二五〇〇七六〇〇 傳真：(〇二)二五〇〇二六八三
E-mail：7novels@mail2.spp.com.tw
發行／英屬蓋曼群島商家庭傳媒股份有限公司城邦分公司 尖端出版
台北市中山區民生東路二段一四一號十樓
電話：（〇二）二五〇〇—七六〇〇（代表號）
傳真：（〇二）二五〇〇—一九七九
中彰投以北經銷／楨彥有限公司
(含宜花東)
電話：（〇二）八九一九—三三六九
傳真：（〇二）八九一四—五五二四
雲嘉經銷／智豐圖書股份有限公司 嘉義公司
電話：（〇五）二三三—三八五二
傳真：（〇五）二三三—三八六三
南部經銷／智豐圖書股份有限公司 高雄公司
電話：（〇七）三七三—〇〇七九
傳真：（〇七）三七三—〇〇八七
一代匯集／香港九龍旺角塘尾道六十四號龍駒企業大廈十樓B&D室
電話：（八五二）二七八三—八一〇二
傳真：（八五二）二七八二—一五二九
馬新經銷／城邦（馬新）出版集團Cite (M) Sdn. Bhd.
E-mail：cite@cite.com.my
法律顧問／王子文律師 元禾法律事務所
台北市羅斯福路三段三十七號十五樓
二〇一七年十月一版一刷
二〇二一年二月一版四刷

■中文版■

郵購注意事項：
1.填妥劃撥單資料：帳號：50003021戶名：英屬蓋曼群島商家庭傳媒(股)公司城邦分公司。2.通信欄內註明訂購書名與冊數。3.劃撥金額低於500元，請加附掛號郵資50元。如劃撥日起 10～14日，仍未收到書時，請洽劃撥組。劃撥專線TEL：(03)312-4212 ・ FAX：(03)322-4621。E-mail：marketing@spp.com.tw